一路风景

YILUFENGJING

魏有恒 著

通过描写生活中常见的一事、一物、一景，表达了作者对于人生的独特感悟和见解

SPM 南方传媒　广东人民出版社
·广州·

图书在版编目（CIP）数据

一路风景/魏有恒著.—广州：广东人民出版社，2024.1
ISBN 978-7-218-15330-8

Ⅰ.①一… Ⅱ.①魏… Ⅲ.①诗集—中国—当代 Ⅳ.①I227

中国国家版本馆CIP数据核字（2023）第064375号

YI LU FENG JING

一路风景

魏有恒 著

版权所有 翻印必究

出 版 人：肖风华

责任编辑：周汉飞
责任技编：吴彦斌 周星奎
装帧设计：弘毅麦田

出版发行：广东人民出版社
地　　址：广东省广州市越秀区大沙头四马路10号（邮政编码：510199）
电　　话：（020）85716809（总编室）
传　　真：（020）83289585
网　　址：http://www.gdpph.com
印　　刷：北京建宏印刷有限公司
开　　本：880mm×1230mm 1/32
印　　张：6.75　　字　　数：152千
版　　次：2024年1月第1版
印　　次：2024年1月第1次印刷
定　　价：69.80元

如发现印装质量问题，影响阅读，请与出版社（020-85716849）联系调换。
售书热线：（020）87716172

目录 CONTENTS

序

序 穿过日常去布道——魏有恒其人其诗

第一辑

2/该放弃一些什么了
3/高空之下
5/迷失
6/萤火虫
7/世界上重大的事
8/晨雾
9/大海
10/潮涨潮落
11/我经常走过一片园林
13/远与近
14/秘密
15/美丽的夜
17/美如玻璃般的事物
18/咖啡
19/宁静
20/火烧云
21/窗口的灯光
22/黎歌
23/敲门
25/我们其实是一样的
27/早晨

29/雨季

31/立夏的扶桑花

33/原告与被告

34/长寿经

37/反复

38/无题

39/爱的天地

40/一个好人

42/美好的早晨

44/花　海

45/小鸟之死

46/一路风景

48/老屋

51/清明

53/阳光的故乡

55/南风

57/楼房

60/听"候鸟"老人朗诵诗歌

62/青皮杧果

63/火焰树

64/火焰树的种子

65/凤凰树礼赞

66/硬床板

67/暗示

68/承诺

69/春天

71/电话游戏

72/兴隆咖啡

74/宝贝

75/将心灵打开

76/文竹

77/教师节
78/我的身体里藏着一个女神
79/镜子与我
80/迷失
81/人与镜子
82/抱罗粉
84/黑夜里的星光
85/老猎手传奇
87/做一个纯粹的人

90/保亭的冬天
91/保亭偶记
92/仙安石林
93/七仙岭(一)
94/七仙岭(二)
96/保亭河(一)
98/保亭河(二)
99/月亮村
101/七仙河
103/松涛水库
104/百花岭瀑布
106/吊罗山
107/神玉岛
108/五公祠
109/潭牛镇田野公园
110/透滩村的古石桥
112/美巢村
113/金牌港落日
115/潭门港

116/日月湾

117/过海口

118/海口钟楼

119/石梅湾·凤凰九里书屋

121/和坊

122/黄河边

124/金银滩草原

125/五月的雪

127/上海滩

129/南湖红船

132/毛泽东小道

134/长白山峡谷

135/长白山天池

137/青海湖

138/海南欢乐节游建华山

139/椰颂

140/胸怀

141/五指山颂

143/我的乡村

145/故乡的路

147/母亲的假期

148/母亲的微笑

149/愿望

150/黄道婆

152/那条溪

154/黎村舞台

156/行走毛天村

157/什进村·布隆赛

159/在毛感,遇上沉香

161/永远跟党走
165/我瞻仰,保亭大地那壮丽的色彩
167/七仙岭下党旗红
171/毛天人民心向党

第三辑

176/大雨林,岛的母亲
178/鹿回头
180/天涯海角
181/东山岭
182/南丽湖
183/文笔峰
184/霸王岭
185/酒店里的树上温泉
186/火山榕
187/火山古井
188/石梅湾
189/正月的村庄
191/五指山红叶
192/高速公路边的风景
194/保亭什慢村
195/在文昌,看航天器发射

后记

197/后记

穿过日常去布道
——魏有恒其人其诗

金 戈

诗歌无外乎"情"与"思"。作为读者,我自然也希望从诗歌文本里"偶遇"那些令人欢喜的情与思。诗歌也不过是诗人用于传播其情感和思想的载体罢了。然而诗歌的价值是由诗人的价值决定的(而非技艺、手法,技艺和手法为诗的内核的完美呈现服务),诗人有什么样的价值观,诗歌就会呈现什么样的价值观,这很关键,很重要。

所以,读诗,得先读人。一个智慧的灵魂总让人想靠近。

我想谈一谈魏有恒先生。有恒兄是海南很低调的作家,1984年18岁的他就已经在《天涯》发表小说,获得当年的优秀小说奖;2003年获得《天涯》主办的"全球通"短信文学小说类三等奖,是海南本土作者小说类唯一获奖者。多年来,他主要写散文,2010年出版了散文集《冬季,来海南享受阳光》,由黎族著名作家亚根老师作序推荐。早年他也写一些诗,我没有读到过。第一次读到他的诗,是在2019年,我和他筹办《七峰诗刊》,他写了三首诗:《我经常走过一片园林》《远与近》《秘密》,发在创刊号上。魏有恒现任保亭县作家协会主席,在新星农场工作多年。他为人低调,待人亲切,说话和气,也比较真诚,好交往。算起来,我和他相识并成为好朋友已有 13 年了,对他还是有些了解的。他作为协会领导,能听得进意见和建议。2019 年 4 月的一天,我找他商议要主动发展保亭文学,不能依赖相关单位,没想到他很认同我的看法,于是我们找来了陈道飞、朱桐佳、梅莹几位"元老",在一起谋划。同年 5 月,由我出资租用民房和添置会议桌椅、沙发茶几等设备,成立了"九里香读书会"文学交流基地,以此为阵地,团结和聚拢文学爱好者。6 月,我提出要办一份属于我们自己的诗刊,以便及时刊登会员作品,展示交流,互相促进,他很干脆地同意了,并愿意出任主编。在我们携手发展保亭文学事业的过程中,有恒兄不断给了我更多感动,比如在读书会房租和开支困难的时候,他动员读书会群员捐款,甚至组织作协骨干每月定期捐款,他自己固定捐 300 元,其他人则自由认捐。但这种给大家增加压力的义举,我于心何忍?于是在实行了两个月后我就提出终止。后来,读书会搬到环境更加优美的市区中心的一处民房,协会和读书会都有所升级,有恒兄仍然陆陆续续捐赠一些书籍,并且自费订阅全年的文学刊物《诗刊》和《椰城》等,说这些,就是想告诉大家,魏有恒先生是一个博爱、负责、开明的人。

　　这样一个懂得付出的人,他的灵魂一定是美好的,那么他的诗歌也一定是美好的。他的诗追求的是内核的真而非外在的美,叙述平缓看似有意无意,最后总能带出某些思考,让人眼前一亮,犹如拨开一丛繁茂的叶子发现掩藏其后的珍果。然而他的诗并非谜语,亦非玄思,不会让人捉摸不透。

　　让我们一起走进魏有恒的诗歌世界吧。《我经常走过一片园林》这首诗写得非常诚恳真挚,对于人生的得失与困惑,作者从日常所见的一些植物得到答案,反思自己的人生,要向植物学习"自然和惬意",认为生活应该率性些才好,"该抽芽时抽芽/该开花时开花/该落叶时落叶";"我"对生活的感悟是简单的,"还比不上这里的一株草或一棵树",植物比"我"更看得清楚,因此"我"的无知在植物面前也显得"可笑","我的微笑的,沮丧的或是冷淡的表情/肯定被他们看得清清楚楚"。《远与近》是一首看似寻常却有意思的诗,"我"通过一个东北老人渴望走近神奇而美丽的七仙岭一睹仙容终因路远导致疲倦而放弃,有趣地抛出一个问题:"这又高又远的山岭/为什么让人们觉得近在眼前",引人进入思考。或许思考没有答案,或有各自的答案。而这样突然蹦出来的疑问和思考,则是在日常生活中发现的,这也是作者的人生思考——生命中许多事物仿佛近在眼前唾手可得,实则远在天边难以求取。《秘密》这首诗我比较喜欢,语言优美,整首诗顺畅自然,是一首艺术性比较浓的哲理诗,而那哲理是不容易发现的,是秘密隐藏的,需要人们去细细感知。不妨请大家来欣赏这首诗:

蓝天辽阔,大地宁静
一棵孤独的大树
寂立于碧绿的草地上
上帝在打瞌睡
空气也停止流动
谁也没有在意
一片叶子悄然脱离大树的枝头
在空中打着优美的旋

如蝴蝶飞舞

飘向碧绿的草地

在快要坠入草丛的一瞬间

轻轻触碰了一片长长的草叶

便悄无声色地身插入草丛下

那片草叶立即做出回应

妖娆地摇了几下腰

场面又归于宁静

好像这一切从来没有发生

  一片树叶忽然掉落,在空中打着旋,仅此而已——顶多是"轻轻触碰了一片长长的草叶",而那草叶也就"摇了几下腰"而已。这不就是人生吗,这其中包含了多少凄凉的况味,人生没有什么得意的,高高在上也最终掉落,满身繁华也最终与草叶同眠,过去无论多么辉煌都会平息,别人的反应也就意思意思地"摇了几下腰","场面又归于寂静/好像这一切从来没有发生"。

  诗人,就是一个布道者。有恒兄在日常生活中,通过他的诗的道场,布了他悟出的心中的道。进入他道场的人,是有福气的。

  2021年5月,保亭作协与临高作协、五指山作家在临高开展"山海情"文学采风交流活动,在临高作协的精心组织安排下,我们走进历史文化底蕴深厚的临高宝地:解放海南登陆点临高角、美丽的金牌港、名士辈出的王佐故乡透滩村、古驿道买愁村、居仁村古银瀑布、牌坊公园等,并相约创作。有恒兄回来后第三天,繁忙工作之余,一个午后,抽空写了一组诗《有些事物,静卧于临高大地》,

从题目来看,是一组思想性的诗了。采风型诗歌不容易写好,因为对所写之对象不甚了解,往往是第一次接触、第一眼感觉,在浮光掠影之后,要写出比较好、比较深刻的诗,考验的是诗人的功力。对此,有恒兄还是有他高超的一两下拳脚的。他看景非景,看物非物,总能从对事物的细致观察和思考中,析出那可贵的盐粒。

在《美巢村》一诗中,作者植入了他的处世哲学:"任何议论都是多余的……只愿……安静地躺在山水里/过着平静幸福的生活"。写一个村庄,极为容易滑入泛滥的情感抒发的泥沼,如有恒兄这般角度切入和审视,则为新颖别致。《金牌港落日》是诗人的发现。有时候,我发现有恒兄的观察比我细致,更有心,那日同行采风至今,我对金牌港还没有特别的感觉,想了几下,也总是难以和金牌港"发生关系",也许是我没有他诗中所说的境界:"需要闲情/更需要耐心。"因此,他发现了金牌港落日的美,并渲染得极为形象和美好,如同一幅经由水彩的魔法棒点染过的油画:"落日总是不打招呼/悄悄出现,不知不觉钻出云层/赤裸裸圆鼓鼓地悬在海面上/橘红的大太阳啊/那色泽仿佛着了魔法/洇透了云彩和海水/海天一色中/弯曲的海岸线/仿佛是一只大虾/被又大又圆的太阳煮红了"。当人们在海边农家乐饭店喝着鲜美的鱼汤时,作者又不忘布道了"有些人透过玻璃窗/终于见到那海边的日落"——如此美好的事物,就在那里,许多人却没有去发现、去欣赏,只顾眼前的忙忙碌碌,忘记了幸福和美好,而那些神赐一般感受到人生中不经意间就会错失的美好的人,是多么幸运。

诗歌形式多样,如同流派林立的功夫,有柔美如太极,有形象如象形拳,有遒劲如咏春,也有刚猛如泰拳、散打搏击,甚至有外来的空手道;有擅长刀枪棍棒之的,有擅长枪炮大器的,都有其精到之处,凡能较好呈现情与思,则为好。而诗的目的不变,即思想情感的呈现目的不变。当然,各有其语言的"气韵"和"奥秘",则属个人魅力,读者亦各有所好,则请择其同好者近吧。

显然,有恒兄找到了适合他的一种武功了,找到了适合他布道的形式,这就好了。

(注:金戈,原名郑朝能,男,黎族,1983年生,海南保亭人,海南作协会员、保亭作协副主席兼秘书长,鲁迅文学院第36期民族班学员,出版诗集《木棉花开的声音》《钓一池好时光》《橄榄集》)

自序

进入21世纪,人类受教育程度普遍提高,科技飞速发展,云网络和印刷技术也更加成熟,使人们写作和发表作品变得容易。但是我发现在文学创作中,成就越大的人物,越是平易近人、和蔼可亲。看着总是顺眉顺目、温和谦逊的模样。他们对年轻人循循善诱,对别人的缺点也格外包容,我觉得这才是一个方家的典范。在我追逐文学梦的过程中,碰到过不少这样的人。他们对我的支持和鼓励,是我前行的动力。

一个人如果养成长期写作的习惯,没有别的原因,仅仅是因为他喜欢写作而已,就像一个人喜欢阅读一样。通过阅读文学作品,我们可以认识书中许多许多的人和人物形象。这些间接的人生,可以丰富我们的生活经验和情感经历。通过创作,又可以将我们有限的人生不断延伸,创造很多的可能性。它将引导我们的人生向上、向善、向美,完善自己的人格,成为一个生理、心理都健康的人。在这个过程中,我们能充分感受到人生的美好和快乐。我想,这也是阅读与创作对于一个人的重要意义之所在。

年轻时写过一些散文,也写过一些小说,诗歌写得甚少。记得在青少年时期也写过几首情诗之类的,仅此而已。后来在一个县的国企工作,但是在岗位上,工作也不清闲,整理材料和新闻报道,一天的时间也就排得满满当当。人总是贪于享受的,八小时之外加上不时加班,回到家里坐在沙发上看看书或喝喝茶,也算是对工作劳累的犒劳。不觉日子飞快,文学创作竟断了一个时期。后来心有不甘,重新拿起笔,由于众多的原因,写写停停,怎么也进入不了状态。因此我选择了阅读和创作诗歌。经过大量的阅读,我对诗歌的认识可谓是相见恨晚,好像重新认识了一位新朋友。原来我认为的诗歌仅是抒情的,是简练的优美句子,是一眼能够阅览无遗的诗情画意。可以用诗歌来抒发一段高尚的情感,描述一派美丽的风光等等——可是,通过阅读,我竟发现了诗歌中的这座矿藏:"诗歌里面充满了不稳定的因素,诗歌里有很多令人不安、深不见底的东西。这些幽暗的诗歌,需要一个认真的读者,需要你来体会。这种体会的结果有可能会对你形成一个革命,让你整个人的状态不再是过去的那个你,可能达到脱胎换骨的地步(诗人西川语)。"我读了大量优秀的现代诗后,认识到原来诗歌还可以那样写,原来诗歌也是那样的有趣味,可以让人产生醍醐灌顶的快感,也可以有一种刺痛人心的力量。我从此喜欢上了诗歌的短和快,喜欢这种用一部手机和半个钟头的时光即可进行阅读和创作的文体。经过一段时间的沉淀,终于有了这个集子中的这些篇什。

相对于其他体裁的文学作品,似乎没有像诗歌一样在当今能引起这么多的讨论和争议。关于诗歌的好与不好,纵使有许多名人名家在理论上做过解释,但由于个人的文学素养、欣赏习惯的不同,出现不同的理解、众多的讨论甚至争议在所难免。面对这种局面,说什么都是多余的。什么是对的,什么错的,什么是可以包容的?我觉得这一切即使说出多么高深的理由来,也不一定有统一的结果。因为这个世界上有些事理,是需要人们依据自己的学识和人生经历,需要大量的、高质量的阅读,才能慢慢醒悟,不是靠某人说教一下,就能豁然开朗,烟消云散的。人处在不一样的高度,当然会看到不一样的风景。

  我还发现有一种奇怪的现象,专门写诗的人,总是认为小说散文最容易,而写小说散文的,却总认为诗歌容易。其实这是不同体裁的作者之间相互不理解,才会产生这种想当然的认识。其实,不论哪一种体裁,篇幅短小的总是相对容易写成,但是要写成一篇好的小说、散文或者是一首好的诗歌,总是要下一番功夫的。

  我喜欢随性地写作。在生活中遇到什么样的人事,在旅途上看到怎么神奇的风景,会不由自主或情不自禁地生出许多感慨,用诗歌的形式,按照自己的理解和感悟,写出属于自身对生活的感受,发出属于自己的真切声音,这个就是我认为的诗歌应该有的模样。我的诗歌也许没有普遍意义上的独到见解,但却是我那一份真实情感的自然流露,起码保持着一份忠实于自我灵魂的真诚。所谓我笔写我心,用艺术的笔触写出来的人生际遇和所见所闻,就是文学真实的样子。

  关于写什么的问题。其实每一个人的写作,与其本人的生活有很大的关系。啥树结啥果,似乎个人的经历和爱好已经决定一个作家能够写出什么内容的作品。因为一个人一般也只能够写自己熟悉的生活中的人和事,写自己熟悉的环境,其次是写一些在生活中所听到的和想象中的故事。人们常说文如其人,说的就是这个意思。读者如果能认真阅读本集中的诗歌,也就会大致知道作者是怎样的一个人了。这也是作品与作者之间一个有趣的关系。

  本集诗歌中,也有部分诗歌是命题作品。虽然是命题作品,毕竟在写作过程中也是费尽作者的心思,每一首作品都经历过作者的血汗浸泡过,仿佛都是自己的孩子,厚此薄彼均不可,于是考虑再三,也一并收录进来,让读者可以从作品中更多地了解作者。

拉扯了那么长,即此打住,否则可能有自吹自擂之嫌了。

是为序。

2022 年 12 月 18 日

写于保城镇新星花园小区

第一辑

DI YI JI

该放弃一些什么了

家里的书架已满
插不进任何新的图书
犹豫好久,我最终明白
该放弃一些什么了

先清理掉那些发霉的旧书籍
再清理出一些看过,但懒得再翻的
装帧精美的书册
最后,也清理了占了好大空间的
能够证明各种好名声的证书
我觉得一张熟透的脸
不需要再用什么东西来证明

摆弄了半天
我发现
我的书架和书桌
终于敞亮了许多

高空之下

客机一路向南
从北方飞向海南岛
晴天万里
海岛露出不规整的弧线
旁边是辽阔的南海

高空之下,俯瞰
辽阔的疆域上
再大的事和物也变得渺小
我喜欢或讨厌的人和事
蝼蚁般隐藏在大地的皱褶里
看不见踪迹,只有大地苍茫
大海的巨涛骇浪
此刻扁平如镜

迷失

世界有太多的美好
让人迷恋
比如花朵和大海
爱情和友谊
山水和蓝天
甚至荣华富贵和好名声

现在的我,陷入你的长发之中
不能自拔,在逐梦的路上
我终日活在理想的梦幻中
迷失了自己

我必须停下追逐的脚步
才能重新回到真实里

萤火虫

县城的霓虹亮如白昼
我站在七仙桥上看风景
沿河大街上人和车川流不息
仿佛没有开始,也没有尽头

突然我看到一粒荧光
悄悄从眼前飘过
那是我小时候追逐的萤火虫啊
我不知道它从哪里来
是从我熟悉的乡村来的吗
道路那么遥远
它又要往哪里去
城市的钢筋森林中
缺少茂密的丛林和松软的泥土

没等我想明白
那粒小光影从桥边飘过
在河水上空划出一抹微光
淹没在保亭的光河中
我突然感到一阵莫名的悲哀
为那只陷入光河中的小小的生命

世界上重大的事

世界纷纷扰扰
脆弱的心
再也扛不住
过多的悲伤和恐惧

东航空难,世界难民潮
……
多少出人意料的世事
令苦难不断叠加

这是多么重大的事啊

而我除了与朋友聊天时
发一通怜悯的议论
我能做的重要的事
就是每天上好八小时的班
然后回家去
当好父母的儿子
当好妻子的丈夫
和孩子的父亲

晨雾

早上,窗外大雾接天
十米开外,任何敏锐的眼
在这个世界也如盲人
是命运创造了一个谜吗
迷蒙之中,有谁知道
今天是晴是雨
那小区门口的火焰树
前几天已含苞待放
等雾气散开,是否能见到
它在寒风中燃烧红色的火焰

大海

夜色降临

海水沉入黑暗

岸火映照的沙滩上

一拨拨游人在徜徉

留下串串凌乱的脚印

那些海浪

一浪又一浪

泛着一波又一波的浪花

在沙滩上连续冲刷

前一浪冲上来

刚退下去

后一浪便前仆后继

以缓慢有力的节奏

不停地将人们的脚痕抹平

仿佛以一种不可侵犯的姿态

维护着自己的尊严

潮涨潮落

每一次潮水涨上来
都会带来一些新的事物
每一次潮水退回去
必定带走那些旧的痕迹

潮涨潮落
是时光的脚步
是岁月的呼吸
我们轻如尘埃和沙粒
在潮涨潮落中闪光或暗淡
歌唱或沉寂

我经常走过一片园林

我经常走过一片园林

有一些植物我认得

像老朋友一样

能够叫得上他们的名字

高大的凤凰林

挺拔的小叶榄仁

还有红花开得热烈的火焰树

甚至低矮的锦绣苋和朱蕉

也有一些我叫不上名字的花草树木

我时常在它们中间穿行

我的微笑的、沮丧的或是冷淡的表情

肯定被它们看得清清楚楚

它们才不管我的喜怒哀乐

在宁静的蓝天下

窃窃私语，随风起舞

该抽芽时抽芽

该开花时开花

该落叶时落叶

随着四季的轮回枯荣交替

那么率性、自然和惬意

我活了大半辈子
面对生活中的名利得失
总有太多的困惑
相对于这个熟悉的园林
我对于生活的感悟
还比不上这里的一株草或一棵树

远与近

那个初次来保亭过冬的东北老人
漫步在保城河畔的人行绿道上
远方那高耸入云的七仙岭
吸引着这个旅人的目光

面对着高山的诱惑
他从廊桥出发
步履蹒跚,踽踽而行
准备一探那神秘的仙峰
疲倦浮现脸上
仍不改方向

我还要走多远
才能一睹那无限的风光
面对老人的询问
我的答案让老人沮丧

老人不得不收回往前走的脚步
摸着脑袋,不好意思地嘀咕
这又高又远的山岭
为什么让人们觉得近在眼前

秘密

蓝天辽阔,大地宁静

一棵孤独的大树

寂立于碧绿的草地上

上帝在打瞌睡

空气也停止流动

谁也没有在意

一片叶子悄然脱离大树的枝头

在空中打着优美的旋儿

如蝴蝶飞舞

飘向碧绿的草地

在快要坠入草丛的一瞬间

轻轻触碰了一片长长的草叶

便悄无声息地插入草丛中

那片草叶立即做出回应

妖娆地摇了几下腰

场面又归于宁静

好像这一切从来没有发生

美丽的夜

今夜,我要好好地睡上一觉
带着灯红酒绿和满天的星光
带着白天的喧哗和疲乏
连同幻想、妒忌和不满
甚至疾病,一切的美好和纷扰
一起进入虚无
让夜的黑吞噬一切
归于寂静和虚无
在虚空中修炼千年
然后等待那温暖的阳光
将我身体浸润并唤醒

美如玻璃般的事物

美如玻璃般的事物
我们总是喜欢享受它
也许可以用来做镜子
照映我们的容颜
也许可以用来做酒杯
让我们欢聚一堂畅饮
也许可以用来做鱼缸
养着多彩的金鱼
陶冶我们的情操

我们捧着它
小心翼翼，视若珍宝
可是，它总在我们不经意间
咣当一声，便粉身碎骨
碎屑四溅
将我们刺得遍体鳞伤

咖啡

有人觉得咖啡太苦
一直拒绝饮用
也有一些人
在咖啡中加糖、加奶
甚至加入不易消化的油脂
让咖啡变成香甜的味道
这样才能喝入口
并说：呵呵，咖啡真香

这些人永远无法体会
那热气蒸腾的天然咖啡中
苦味、酸味、甜味和香味
每一种味道相互交织
中和成一种独特的芳香
让一些与咖啡有缘的人
欲拒还迎，欲罢不能
仿佛一个成年人
缤纷的心境

宁静

蓝天如盖

白云似梦

阳光慷慨照耀

河水无声奔流

凤凰树上,花朵淡定绽放

草地升腾起巨大的宁静

一群八哥弹飞而来

停在树枝上

叽叽喳喳地鸣

我的心,突然地

被拽动了一下

火烧云

早晨,小城的西天

出现一片火烧云

缤纷的红色布满东边的天空

变幻着壮丽的气象

有人拿起手机拍照

将图片发朋友圈

友人纷纷点赞

着迷于云的美丽

可是太阳西沉

火烧云便没了踪影

窗口的灯光

当世界陷入黑暗
总有万家灯火闪亮
仿佛夜的眼睛

窗口每一片灯光
是茫茫人海中的航标
引导着温馨的方向
让离家的人看到
刹那便暖意融融

黎歌

久久不见久久见
久久相见才有味①
简朴的旋律
从黎山小伙姑娘的
嘴里唱起

歌声穿透冬雪夏阳
穿透历史的岁月
从山内传出山外
从黎村苗寨传到都会市井

唱红了五指山古老的枫叶
唱绿了万绿园年轻的草坪
唱蓝了南海起伏有致的波韵
唱出了天涯海角的浪漫风情

这千年的音韵
成就了海南的人间天堂

---

① 这句为广为流传的海南民谣《久久不见久久见》的歌词。

敲门

记不清我怎么就来到了这里
回头望去,来路早已模糊
过去的痕迹,已被岁月拾掇
珍藏在时光中

我怀揣憧憬
离开了爱我的老爸老妈
独自敲开岁月的门
出来迎接我的
不是我想象中的人
而是一个
我从未谋面的女人
谈不上漂亮
可她对我热情又温柔
而我也不假思索
坦然地与她拥抱接吻
先前盼望的许多事
早已忘却脑后

我将来还是要继续
敲开另一段岁月的客栈

而我不知道
下一次为我开门的人
是不是我的最爱

我们其实是一样的

在时空深处
我看见我们的大地
在太阳的照耀下
静静地反射着蓝色的光
挂在众星中间

我们诞生于尘泥
最后也归于尘泥
就像我的父亲
我的爷爷和奶奶
早与大地合为一体

我的亲人没有离开我
他们仍然在我们的时空里
与我捉迷藏

大地很大
可以承载我们的一切
我们的希望、失望
纷扰或战争
大地很小

在寰宇的深处
被星光淹没，不可辨别

在不断膨胀的宇宙中
大地是一粒椭圆的微尘
带着我们巨大的希冀和
深重的苦难
轻轻飘浮

我们其实都一样
只是有着不同的名字
叫作张三李四，孙五李六
叫作地球太阳，金星火星

早晨

树林中传来热烈的蝉噪

小鸟愉快地鸣叫

在树丫上活蹦乱跳

黑暗终于被唤醒

夜翻了一个身

那些黑暗里怀着鬼胎的念头

纷纷溃逃

在昨晚的虚幻中

我突然一跌脚

从高空坠入无底的深渊

我恐惧沮丧,接着

我又看到一个七星彩号码

心里暗喜,觉得下次

可能会中一个头彩

也有我不认识的性感女郎

在某个时刻突然出现

我没有来由就直接与她缠绵

许许多多的意念

在黑暗中趁机抛头露面

感谢每一个清晨
夏蝉合唱,小鸟争鸣
我与世界一起苏醒
恐惧和欲念烟消云散
和煦的阳光令我清醒
令我安静,令我愉悦
令我心清气爽,充满希望

雨季

这个季节每天这个时候
天空就会撒下蓝天白云
换上风云翻滚的幕布
雷的鼓声激烈
闪电登场,指引着雨的路径

雨水铺天盖地
人们被迫待在屋内
听着外面的水声发愣
怀疑天上银河已经决口

这时,幸福的水在大地上翻滚
我听到饥渴的山川在欢呼
平原和丘陵上的植物
也张开每一个细胞
渴望一场酣畅淋漓的滋润

不要抱怨这雨要下多久
静静地祝福这些天外来客吧
祝福她找到了新的归宿
这一刻,应该让心跳减慢下来

模仿冬眠的动物
静等下一个美好时光

每一次天晴,我们会嗅到
大地和天空
散发出清新的芳香

立夏的扶桑花

知了在树上叫
热啊,热啊
人们见面也相互叫
热啊,真热啊

一声不吭地
是保城河堤边的一排扶桑
在堤边大树荫下的那部分
大红花开得零零碎碎
点缀在绿叶间
而在炎炎烈日下的扶桑
大红花开得热热烈烈
一大片鲜艳夺目

原来,经烈日炙烤的扶桑
才能开出红云般
最多最美的花

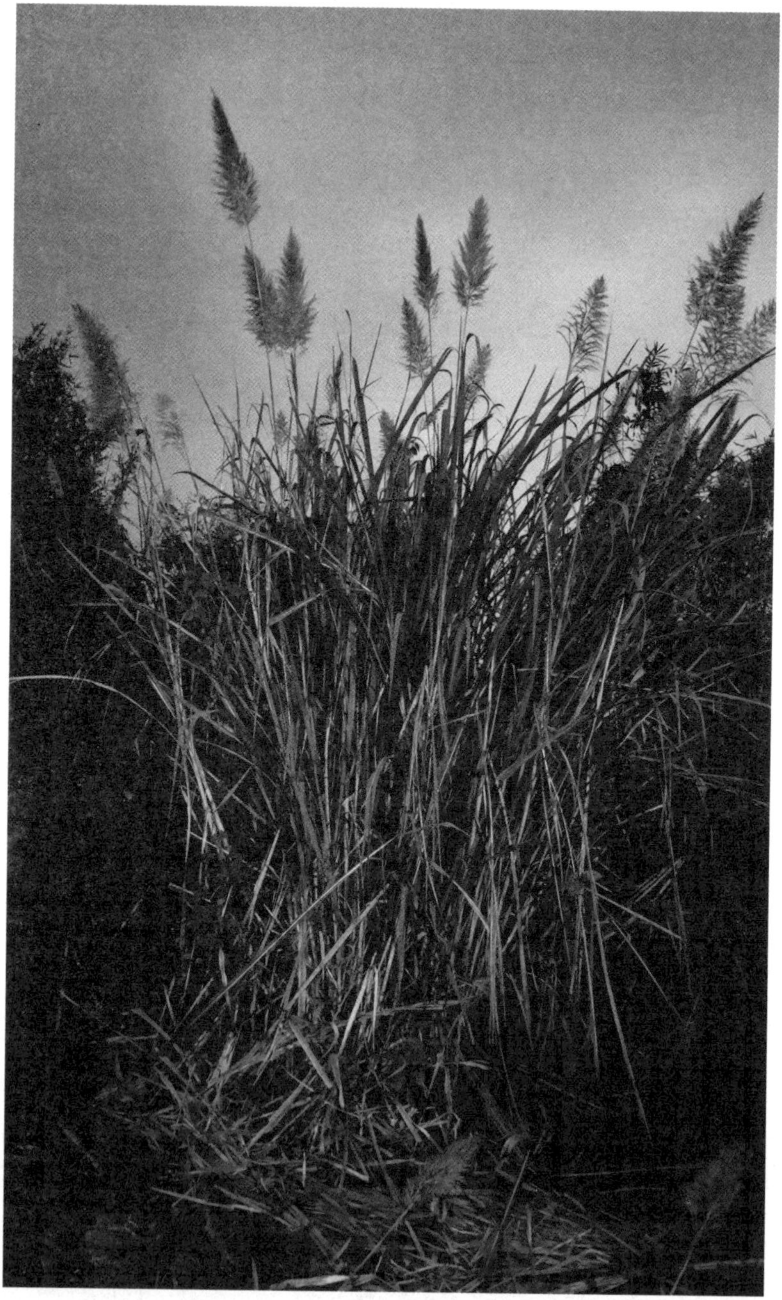

原告与被告

原告与被告
在法庭上剑拔弩张

原告理直气壮
被告据理力争

被动接受挑战的
有时也能胜券在握

最微小的事情
在权利面前都一样大

没有绝对的对错
只有永远的原告和被告

那些一辈子没打过官司的人
其实也都是生活的原告和被告

我们在世间所做的每一件事
最终都将受到良心的谴责

长寿经

人类的历史已有几百万年
个体的生命不过百岁
但凡人都喜欢长寿
最好是长生不老

据说彭祖活了七百多岁
清朝的林青云活了两百多岁
许多人信了
也有许多人不信

据说秦朝的居士徐福
受秦皇命招三千童男童女东渡
寻找那长不老药
道家也想通过改革炼丹术
梦想有一天制出不老丹
有一个叫王军的记者
对海南各市县的百岁老人颇感兴趣
用二十年采访了一千两百名寿星
欲探寻长寿的奥秘
结果却令他意外
寿星们有人喜欢饮酒

有人喜欢吸烟

有人喜欢饮咖啡

有人喜欢吃肉

有人喜欢吃腌制食品

还有人喜欢骂人

有人说长寿在动

也有人说长寿在静

百名寿星,有百样形态

企图从他们的身上找到长寿的秘诀

似乎是白搭

他们的生活和饮食习惯

几乎颠覆了我们所谓的常识

令我们的专家经常挨骂

东北盛产人参

它特别补气,还带补脾

益肺安神并益智

也不见得东北寿星比东南多

西北华中华南大部分地区生长枸杞

它滋养肝肾补虚益精

也不见得吃它的有几人活过百岁

海南也有牛大力、益智仁和砂仁

据说都是养生的好东西
可那些长寿的人,
都没有将功劳归于它们

夜里做梦
我请教仙人长寿的秘诀
仙人向我伸出几个指头
答曰,爱自己,莫操闲心
饥了饮食,困了睡觉
天机不可泄露

反复

年过了
除夕又来
天晴了
雨又来
仿佛世间的男女
刚刚吵过
下一刻又相亲相爱

我清晰地看见
我父亲的一生
是将我爷爷的人生
重新走了一遍
而我,此刻正走在
我父亲走过的旅途上
看潮涨潮落
看日升日下
看老树枯萎
看种子发芽

无题

突如其来,像凶猛的闪电
吼叫着,将夜空撕裂
直抵脆弱的心灵
疼痛,照亮了一切

企图在黑暗中藏匿的一切事物
刹那间,暴露无遗
也惊醒了
那个做白日梦的人

爱的天地

每一个白昼和
每一个夜晚
太阳和月亮升起来
爱就布满辽阔的天空和大地

天空中，昆虫们在恋爱
蜻蜓和蜜蜂们跳着贴身舞
在枯枝的落叶下
蚂蚁们来来往往筑建爱巢
森林里的树杈上
鸟儿欢快追逐
呢呢喃喃，唱着迷人的情歌

在人间
每一个角落和阴影里
我们的爱
在闪闪发光

一个好人

大街上人们行色匆匆
对陌生人充满戒备

嘿,坐车吗
一辆摩托窜到我面前
一个声音大声说
我不愿搭理他
冲他摆手翻白眼
欲转身离去

嘿,你掉东西了
他又大声对我说
我听他的话往脚下看
果真是我刚买的蓝牙耳机
在我刚才掏包时
顺手带出来掉落在地

我真诚地道谢
望着他远去的背影
我不得不承认
他是一个好人

我低头捡起耳机

顺便也捡到了一首诗

美好的早晨

早晨,他在景区酒店里
起床打开窗户
他没有看见
一只壁虎猝不及防
被窗户玻璃碾得脑袋变形
惨白的舌头从嘴里伸出

他也没有看见
地上有一队蚂蚁
匆忙又快乐地搬运食物
他那只粗大的皮鞋压下来
几十只蚂蚁被压成黏液
让过往的蚂蚁乱成一团

他抬头望着窗外,看见
远山青碧,天空蔚蓝
从森林里吹来的风
让他神清气爽

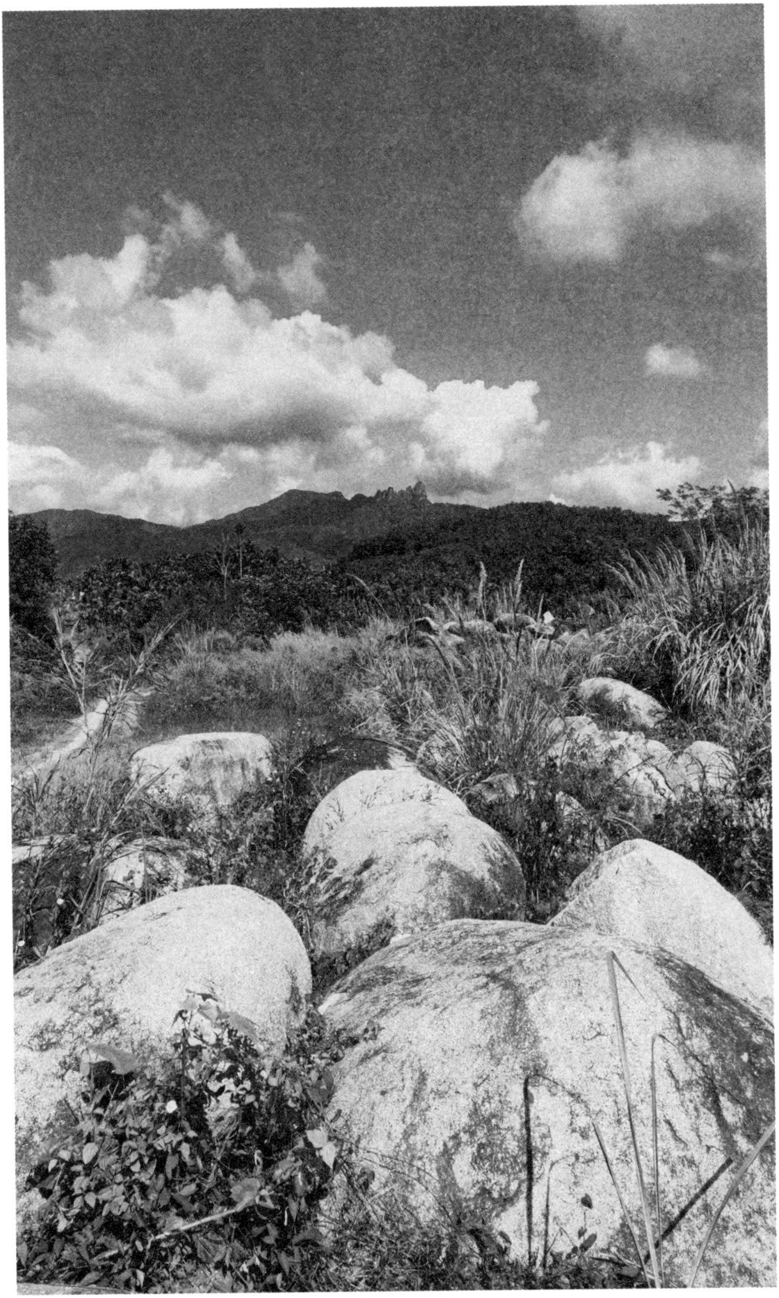

花海

我们风尘仆仆
不顾烈日炎炎,饥肠辘辘
奔赴那片彩色的盛宴
相机的焦点落在怒放的花海上
许多人争先恐后地拍照留念
每一张笑脸都模仿着花朵
欲借花的鲜艳
增添自己的俏丽

此刻,旅人的狂热已经冲顶
花的海洋波涛荡漾
多巴胺在传递快乐的信息
淹没了生活中的那些苦涩和无奈

小鸟之死

游船在水面穿梭
鸟儿在天空翱翔
我坐在湖岸边的大厅内
享受空调的丝丝凉爽
透过高大透明的玻璃墙
享受着山光水色
一只小鸟从天上俯冲下来
又弹射向天空
当它再次贴近地面
做波浪式飞行时
冷不防撞在玻璃墙上
砰的一下,在我心上发出巨响
小鸟瞬间掉落在地
肚皮朝上,双足抽搐
最后归于安静

我从椅子上站起来
无心再看风景
这面美丽的玻璃墙
让我惊心动魄

一路风景

我驾驶小轿车

行走在保陵公路上

打开车载广播

想让音乐成为好心情的背景

广播却播报附近的公路

出现的交通事故

我忍住心中的感伤

摇下车窗,让微风冷却我心里的燥热

车窗仿佛高清电视

直播着这海岛的风景

碧绿的田畴,椰风阵阵,蕉叶摇曳

荔枝、杧果和菠萝

在满山坡上展示着丰满的色欲

经过一个路口

老农们用三轮车载着瓜菜过公路

我下意识减慢车速,让他们轻松走过

经过一个学校路口的斑马线

我放松心情停车等待

让三三两两的孩子们顺利通过

我要用一生的谨慎和谦和
换来这天地间和谐永恒的风景

老屋

我的这间老屋
家乡人称为祖公屋
每块土砖土瓦
每条木桁木檩
经历了百年沧桑
早已褪去光鲜的颜色
如今被乡亲们新建的房屋围绕
仿佛一张老旧的黑白相片
镶嵌在众多的彩色影册中

密集的青苔
已从墙脚爬到了屋顶
深绿的一层老去变黑了
又从那黑中长出一层绿来
层层叠叠，结成时间的痂
土砖砌就的外墙上
土砖排列成方格稿纸
岁月在上面记着历史
门口两边白灰相间的墙壁
陈旧得色调杂驳
已蔓延成时间的印象画

当年，我的祖辈

进进出出于这间老屋

忙忙碌碌在世间生活

走得最远的要数我的堂弟

就从这里出发

越过碧波荡漾的太平洋

去了遥远的南美洲

我的爷爷

也南下到了新加坡

我的爸爸也从这里走出

当了一名光荣的人民教师

在漫长的时光中

八音不时从祖公屋里响起

在热烈的迎亲曲中

许多女人被娶进来

也有许多女人被嫁出去

有许多人老去

也有许多新人补充进来

我就是在其中的某一个时候

成了这个家族的一分子

逢年过节

各种祭拜仪式如期上演

老屋庭院边的竹竿上
鞭炮炸得烟花四溅
将家族的喜怒哀乐传播远方

出去的路有多远
回来的路也就有多长
凡是从这里走出去的
最终都回到了老屋
他们隐身在老屋正厅的阁楼上
叫作——先祖

清明

天空的脸色肃穆
仿佛与我们一起怀念
那些最亲的人
那段逝去的生活

点几炷香
让那袅袅青烟
飘向另一个空间
向那些最亲的人
捎去一缕人间的温暖

双膝跪下
对着一座座
长满青草的土堆
深深叩拜

那些调皮的土堆
在长长的岁月中相互追逐
随意地打着滚儿
有时又相互挤成一团
不时变换着幸福的形状

哦,那辽阔的大地
巍峨的青山
就是我们的先祖啊
就是我们的父亲和母亲

阳光的故乡

这里"冬至"不冷
"大寒"不寒
"大雪"无雪
每一个节气
仿佛都是立春
每一个白天
都与阳光有关

阳光穿透一切
给予事物生长的活力

金黄透明的阳光
戴着苍穹的蓝宝石皇冠
仿佛铺天盖地的河
每一缕都充满了爱意
浸润着山清水秀的大地
嫣红的鲜花
温暖着每一个季节
维护着热带亚带热的人间天堂

这落满阳光的地方

惹得北方人起了羡慕
在寒冷的冬天
他们许多人变成候鸟
携家带口南飞

南风

夏季清爽的南风

从南海奔来

村口的椰子树摇曳多姿

以热带亚热带的热情

起舞弄影

南风来自热带的海洋

却带来热烈的凉爽

它穿过荔枝和芭蕉林的阴影

树林的音乐响起来

蝉儿齐声唱歌

又一齐噤声

唯有南风呼呼独唱

南风像我那辛勤的乡亲

一刻也停不下来

它不停地跑

从屋梁上,走廊里

小猫小狗的小蹄旁

小鸡小鸭的翅膀下

父亲母亲的脸上

甚至乡亲们夜晚的梦中
跑了一遍又一遍
乡亲们忙碌燥热的心
让南风吹得轻轻松松

楼房

过去我们住村里的房子

瓦屋、草屋、木屋

很向往城里人的楼房

干净、好看、坚固

后来,我们终于也住上了楼房

并自豪于追上好时光

它们单性繁殖

生育力强大得吓人

不分季节和地点

疯狂生长

若干年后,我发现

它们其实是从人们的欲望上

长出来的怪物

像高矮交错丑陋无比的牙齿

吞噬那些瓦屋、草屋、木屋

啃食碧绿的草地,茂盛的森林

还咬平那高山丘陵

甚至,美丽的大海

也被它们啮掉一大角

现在,它们仿佛失去了理智
集体向天宇张牙舞爪

我们穿梭在楼房间
野心也像楼房般疯长
想着,我们将来是否应迁居到
月宫中,或者火星上

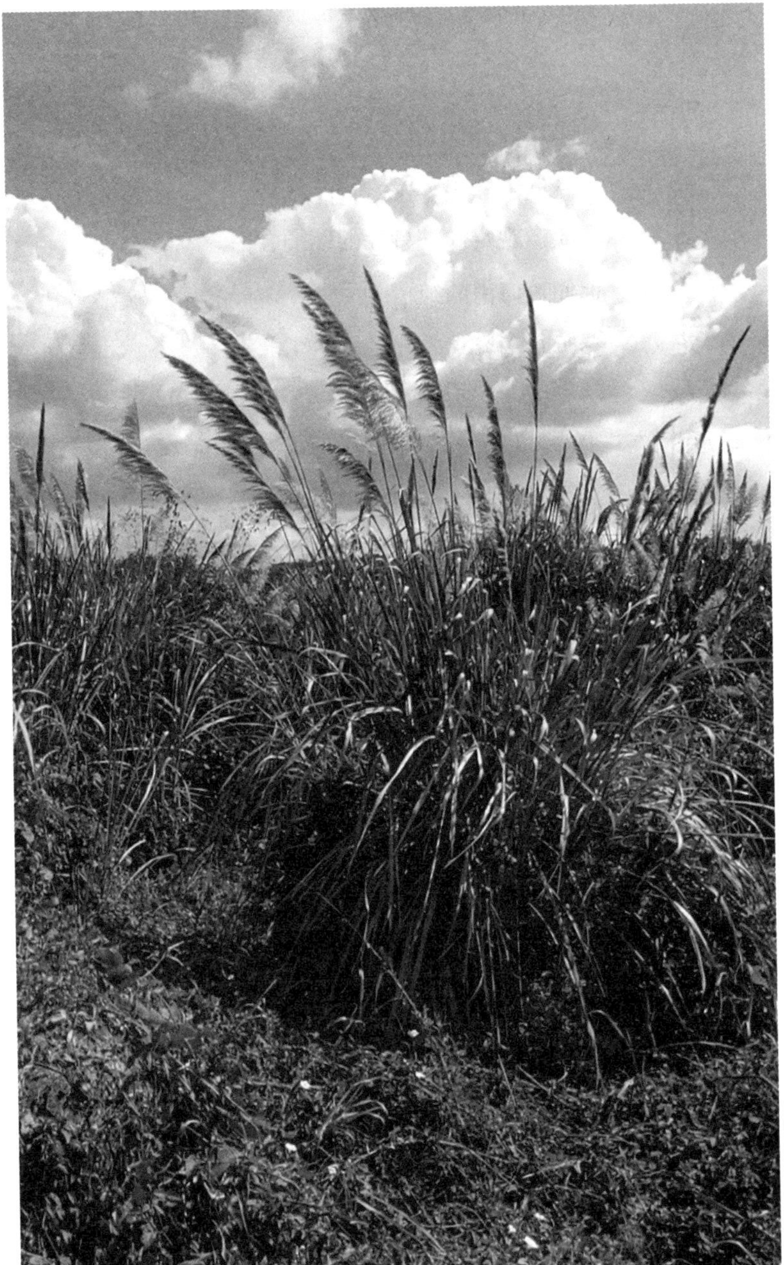

听"候鸟"老人朗诵诗歌

不久前的一个上午
我应邀观赏候鸟诗社的朗诵会
他们对海南的纯情
让听众动容

我对这片山水不缺热情
也不乏溢美之词
我熟悉得再熟悉不过的土地
是我人生舞台的背景
每日混迹其间,未免逐渐平淡无睹
对于这片土地的美
我开始冷漠,无动于衷

朗诵者是北方的候鸟
大多满头银丝,脚步蹒跚
声调却是那么情感充沛
表情是那般严肃又活泼
空气中每一粒负氧离子
都能诱发他们的激情
他们说
这些草木是生动的

这片山水是有灵魂的
这里的空气是养人的
他们能与草木对话
他们已同这片山水融为一体
这里就是他们的家

我觉得，他们不是在朗诵诗歌
他们像是传教者，在向我布道
我坐在那舞台前
正在接受他们的教诲

青皮杧果

在七仙岭一个小果园
主人让我品尝那青皮杧果
那杧果躺在我的掌里
皮色冷青,形色并不好看
像还在成长的青涩期
一点也勾不起我的食欲

它不比那黄金杧果
有金黄的富贵色
也不及那贵妃杧果
有紫红的成熟感
可当主人鼓励我一口咬下去
那香甜的气息便沁人心脾
从那一刻开始
我便对那青皮杧果
刮目相看
仿佛看见那丑小鸭
变成了天鹅

火焰树

记不清几年前，一群工人
在我所住的小区种了许多火焰树

在不知不觉的一个秋天
火焰树的花蕊
在绿叶间递次绽放
到了北风呼啸的冬天
竟然满满地开了一树
一簇簇挂在枝头
朵朵仿佛都是
个个鲜艳的红酒杯

那满眼的红
让寒风中的人们
心里有了红红的温暖

火焰树的种子

冬天,花园小区的火焰树开花了
随后结出一簇簇尖刀般的果实
那坚硬的胞胎
包裹着她的种子
在季春时节,嘭的一声
胞胎递次破裂
她的种子
像成百上千只白色的小蝴蝶
从胞胎中蜂拥而出
在天地间纷飞
去寻找那最温润的土地

而我却担心
那些可爱的种子
飞不出城市的水泥森林
而城镇郊外种满热带作物的山野
也难有她的容身之地

凤凰树礼赞

在南国的热土上
凤凰树在一个劲儿地长
长得又高又大
长得魁梧雄壮
让这南国的山山水水
在身边生动活泼
如锦绣般在大地上铺开

在南国的夏天
凤凰树一个劲地开花
开得盖地铺天
开得云蒸霞蔚
让前来观赏的人们
领略什么叫繁华如海
什么叫满天红艳

这南国的树啊
年年岁岁,屹立天地间

硬床板

回文昌老家的村子过夜
我们睡那过去睡过的硬床板
那木床的架子铺上木板
木板之上铺好竹席
这就是我小时候做梦的地方
睡上它
便有了重温旧梦的感觉

我的孩子却说
床板太硬,硌得脊背痛

暗示

夜晚,是神眨了一下眼睛
仿佛在向我们示意
就像好朋友之间的一个眼色
是为了制止某一个错误的发生

当世界暗下来
是神让我们中断白天的动作
逼迫我们
用思想对抗白天的事物

承诺

头三年
他们一刻也不想分开
相互纠缠
从最初的惊喜
到逐渐地疲惫不堪
一直到
束缚他们的那条无形的线
即将崩裂、各分东西的时刻
他们才猛然顿悟
只有将对方从心中最重要的位置
挪到一旁,再将一些
无关卿卿我我的事
放入心中最重要的地方
他们才能愉快相处
并各自履行爱的承诺

春天

翠鸟钻进水里捕鱼
感觉保城河的水渐渐暖和了

在山上劳作的胶农们
看到七仙岭上的橡胶树枝头返青了

在大地上玩耍的孩子们
看到燕子们忙着衔泥造巢了

那些在庭院里晒太阳的老人
也准备脱下笨重的棉袄了

最神奇的是那些诗人
居然听到了
枝叶拔节
鲜花绽放的声音

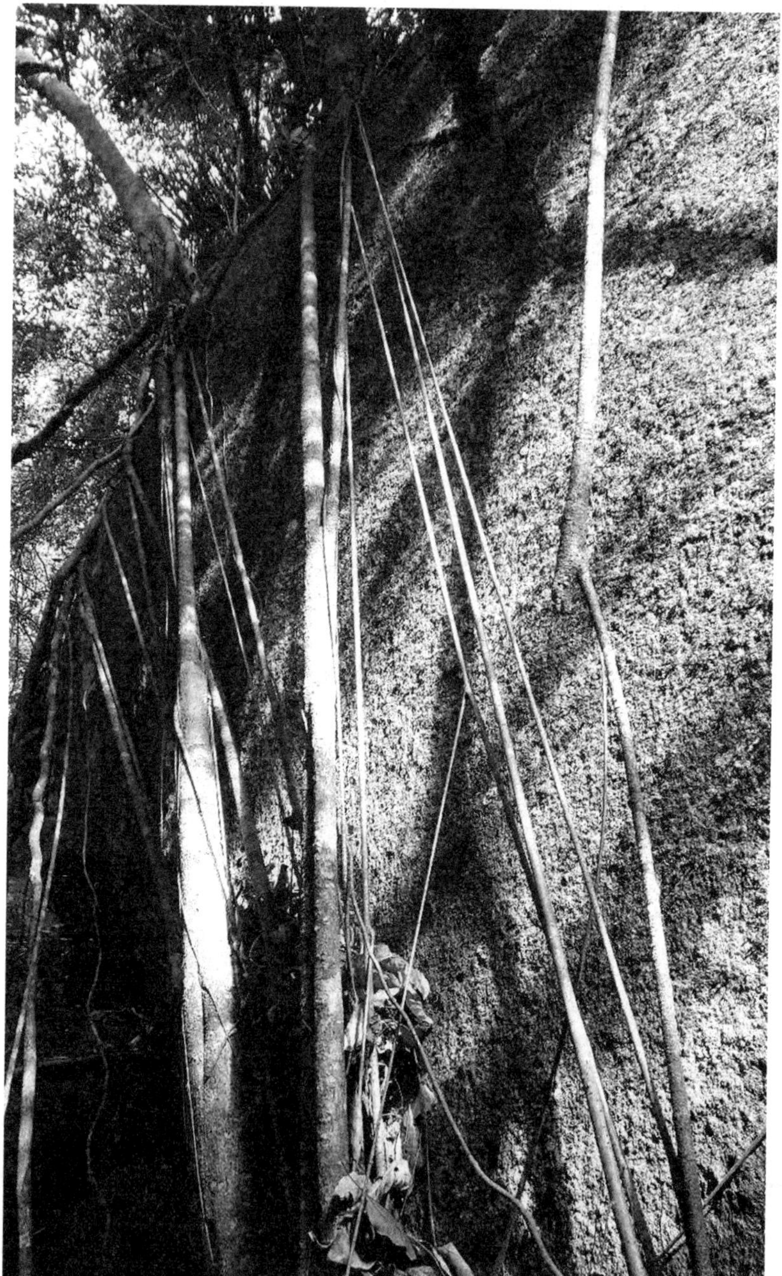

电话游戏

小女孩三岁了,爱拿着
她父亲给的玩具手机
与小朋友们一起
玩通话的游戏

不久后的一天
她父亲救起一位落水的老人
自己却不能上岸来
成为人们敬仰的英雄

小女孩不见了父亲
问母亲,母亲对她说
爸爸去很远很远的地方了

从此,小女孩经常
一个人在角落里玩电话
她将电话放在耳边,轻声说
爸爸,你快些回来

兴隆咖啡

20 世纪 50 年代
那些东南亚的华侨
受尽了生活的苦
历经周折,在这块山旮旯
扎下了根,在他们心中
瘴气和疟疾不算什么
在蛮荒之地
也要顽强地开花结果

他们在这片土地埋葬苦难
种下甜蜜,种下幸福
也种下他们喜爱的咖啡
那种简单快乐的生活
孕育出的花朵洁白芬芳
果实串串似大红的珍珠
果核结实坚硬
仿佛垦荒人的性格
蕴含着生活所有的甘苦

老人们总是说
生活得先吃苦

最后总会苦尽甘来
而兴隆咖啡
就是真实的生活滋味
值得人们细细品尝

宝贝

每一粒微尘
都是大地的宝贝
每一朵浪花
都是大海的宝贝
每一片叶子
都是植物的宝贝

每一个小孩子
都是父母的宝贝

将心灵打开

将心灵打开
把亲密的人放在心里
把每一个日子放在心里
把柴米油盐放在心里
把日月放在心里
把山川放在心里
把花草虫鱼放在心里

把快乐放在心里
让那些忧虑
没有滋生的空间

文竹

巴掌大的瓷盆里

栽着丈二高的文竹

细小的竹节

节节坚挺

撑着浓密细微的叶条

那个子,还比不上

野外高大的竹子的千分之一

那姿态,却也有

浓缩的小清新和

小巧玲珑的风采

教师节

今天是九月十日
第三十七个教师节
上午九时,我打电话
给我的老师
向他表达节日的问候
几次铃响,却没有人接听
只好发一条短信
感恩老师,节日快乐
一个多小时后
我收到复信
对不起,刚才在上课
谢谢你的祝福
仿佛这个节日
与他没有一点儿关系

我的身体里藏着一个女神

我的身体里藏着一个女神

她身材高挑,长发飘逸

眼神水灵,顾盼的波光里藏着许多秘密

我每一个小心思,她都掌握

我无时无刻,对她顶礼膜拜

为她奉献我的生命

而她,能够满足我所有的愿望

镜子与我

我经常面对一面镜子
与镜子中的我对视
无聊时,我学学调皮的孩子
对着镜子中的我眨眼睛,做鬼脸
这时我觉得
镜子中的我比我自己可爱多了

迷失

我常常在镜子中
看自己真实的模样
一天，我不小心将镜子打碎了
在低头清理破碎的镜片时
我发现，每一块大小不一的镜片中
都有一个大小不一的我
他们像星星一样在我面前晃动
让我看不清
哪一个，是真的自己

人与镜子

有人从中看到脸孔精致的轮廓

有人从中看到额角上恼人皱纹

有人欣赏着自己的微笑

心满意足

有人盯着自己的苦瓜脸

郁闷又自卑

镜子面对人

沉默不语

人面对镜子

却有太多矛盾

又复杂的想法

抱罗粉

说桂林米粉最好吃

柳州人不服

说螺蛳粉最好吃

陵水人不服

说陵水酸粉最好吃

我不服

虽然,我也认为它们好吃

20世纪70年代末期

我还是一名少年

那时每年的元旦那天

父母总要给我一元零钱

让我与村里的小伙伴一起

从罗滚村出发

走五六公里的小土路

从几个村庄边穿过

到最近的新桥镇逛集市

令我们开心的一件事

就是一定要找到一家粉店

吃一碗抱罗粉

那嫩滑的粉条

爽口的牛肉干

还有花生仁,酸菜

山竹笋和葱花

共同孕育的芳香

滋润着我饥饿的味蕾

让我长大后走遍天南海北

也不能忘怀

它的味道

已成为我的灵魂深处

最重要的一部分

黑夜里的星光

屋内的灯已熄

世界陷入了黑洞

窗外,遥远的天空

星星在骚动

我们不甘寂寞

不要装饰,不要包装

仿佛刚出生时的模样

相互探索和寻找

各自的另一半

索取或给予

相互填补各自的空虚

让身体在虚空里无限膨胀

在堕落和上升中沉浮

仿佛一颗旋转的星星

老猎手传奇

卡瓦格博有一位神枪手
一百米外能打中一支火柴
一百五十米能打掉一个烟杆
二百米远能打中一个鸡蛋

他是一个著名的猎手
在卡瓦格博险峻的高山上
打那些野牛獐子和黑熊
他用铁丝做的陷阱
四五年都不会烂

有一次他向一头野牛扣响了扳机
可一连打了几枪
那头百米开外的野牛却纹丝不动
这是头一回遇到这回事
他不明就里,吓坏了,跪下双腿
向着卡瓦格博山连连叩头

回家后他的情绪低落
大病一场,昏迷了七天七夜
虚幻中,看见被他杀死的生灵浑身冒火

嗷嗷地吼叫
疯狂地对他报复

从那以后,他如梦初醒
决意不再打猎
配合政府开展动物保护
组织人员定期巡山
拆掉猎手布设的陷阱
驱逐打猎者
教育村里人再也不能打猎
让雪山造福藏乡

从打猎者变成了护猎者
那个人就是斯那都居

做一个纯粹的人

伟大的太阳是没有杂念的
它每一天将光芒洒向大地
让一切生命感受到温暖
万物在它的怀抱中自由生长

自由的空气是正直无私的
它吹拂世界上每一个角落
用无形的手抚摸世界
让万物得到滋养

美丽的花朵是快乐的
不论男女老少或贫富贵贱
只要路过它的面前
它都会露出一样的笑靥

做人,就做一个纯粹的人
像阳光、空气和花朵
心无杂念,正直无私
才能永远快乐

第二辑

DI ER JI

保亭的冬天

阳光点燃了火焰树
点燃了紫荆树
点燃了扶桑花
点燃了炮仗花
姹紫嫣红一片
温暖了黎村苗寨

必须有春水流淌
必须有透亮的绿
必须有从春天到冬天
一直都盛开的太阳

必定有的候鸟
逃离北方的雪天
在保亭的街头流连
举着手机
对着绿树鲜花
拍个不停

保亭偶记

七仙岭上,不见七仙女
甘工鸟的故事
旺蛙的传奇
活在人的记忆中

石硐河畔,嬉水节的庆典
将五湖四海的表情
生动成扶桑花的笑靥
圣洁的温泉水
将人们的快乐浇灌

风情街上,祖先渡海的独木舟
饰于楼顶,早已成为图腾
冲浪鱼、五脚猪和树仔菜
还有那悠扬的黎苗民歌
配上甘甜的山兰酒
将天地醉美得摇摇晃晃

仙安石林

百重山，千层水
热带雨林茂密地
覆盖着珍贵的石林

石林在漫长的岁月里
进入禅定

慕名而来的人
围观，赞美
而石林始终沉默

只有看见
喝醉了山兰酒的山民
对着群山唱起情歌
石林才会发出溪流般
嘻嘻的笑声

七仙岭(一)

岭下新建的高楼正憋着劲

吼叫着拔地而起

惊醒沉睡的城镇

在东方遥远的地平线上

太阳起身想探个究竟

将橘红的光线

照在金垦小区黄白相间的高楼上

鲜艳的色彩让人心生欢喜

亭亭的七仙岭

将一片洁净的白雾当纱巾

挂在头顶

美丽的七仙女

也怕被太阳晒黑吗

七仙岭（二）

七座形态各异的山峰
高耸入云，傲视苍穹
每一个山民的心思
都逃不过你的俯视

你是黎族大力神的化身
任凭暴风骤雨，电闪雷鸣
以亿年的时光
铸造亘古不变的信念
巍然于保亭大地
佑护黎山苗寨

你有"拜扣"①的挺秀
你有"帕曼"②的雄伟
那些千千万万的人
不论来自何处
只要踏上这片大地
一抬头，总是不由自主地
看你一眼

---

① "拜扣"，黎语，指姑娘。
② "帕曼"，黎语，指小伙子。

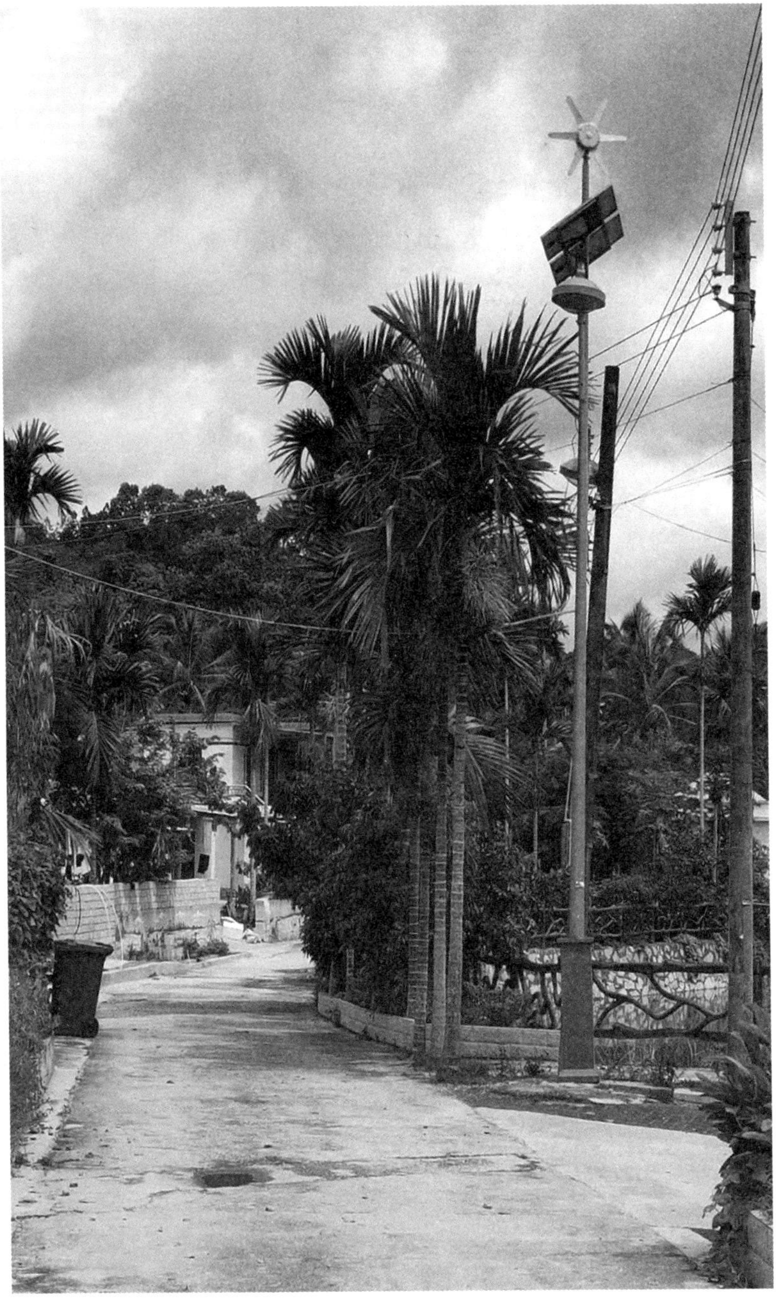

保亭河（一）

这条河已不知流了多少世纪
在保亭还没有诞生时就这样流了
现在，这条河美丽了保亭
保亭也美丽了这条河

20世纪90年代一场台风
保亭河浊浪咆哮
洪水越过堤岸
瘫痪了交通浸泡了房屋
第二天人们发现
河上那座新建的大桥已裂断
中间的桥面已掉落河中
而那座不起眼的老桥却毫发未损
让人们感慨连连

更多的时候
保亭河像害羞的小妞
安静得让人忘记她的存在
微风吹来
她仿佛见到老朋友
咧开嘴，露出了笑靥

保亭河每天流淌
流过保亭的天保城的地
也流过保亭的年年岁岁
历经岁月的保亭人
脸上也有了河流的痕迹

保亭河(二)

两条河水从保亭穿过
在七仙广场的旺蛙石雕边会合
又向东奔流,不舍昼夜
带走了晨昏,带走人们的欢乐和忧愁
也带来了人们各种各样的梦想

许多人,许多事
都在白昼里闪烁
让人来不及思索和回味
就让河水带走
而河水带来的,仅是那些
留不住的时光

岸边楼房林立,植物香艳
各民族共生其中
胸怀梦想,各自忙碌
过着同样的世俗生活
空闲之余,有人在河边喝茶
谈论着家长里短,也谈论
永远也不能抵达的将来

月亮村

月亮村不是村
坐落在保亭西河的南岸
只有爱喝茶的人
才能知道它名字的秘密

一行印度紫檀和小叶榕树
与一片楼房整齐排列
树荫下,是喝茶的去处
不需要约定时间
除了工作、吃饭和睡觉
每一个时刻都是休闲的好时光

喝茶的人费尽脑筋
欲探究出七星彩的秘密
谁的家短里长
某明星的八卦新闻
某单位某人升迁或落马
在这里都可以知道
长征七号火箭在文昌首飞
你不用看报纸
来这里就会一清二楚

甚至联合国关心的事
他们也要在茶桌边议论一番

有时,他们也谈生活的困顿和无奈
那些从嘴里跑出来的生活
经茶水浸泡
不论困苦或喜悦
都透着一丝芬芳

七仙河

从远古的时光中奔来
从高山峻岭上流来
一路欢唱,一路迂回
奔流在保亭大地

河流所到之处
土地湿润,丛林茂密
每一个生物
细胞都争相分裂
生命的奇迹无处不在
祖先们一代又一代
逐水而居
享受食物的丰盈

七仙河是你的昵称
在漫长的岁月里
人们赋予了你许多名字
陵水河、保亭河
什聘河、石硐河
给你起名字的
都是河的子孙

每一个名字里
都蕴含着祖先的故事和
秘密,还有
世代更迭的密码

我沿着河岸走
看两岸林木葱郁
花草竞吐芬芳
河里涟涟波光
一浪赶着一浪,逶迤东去
我仿佛看到,一条河
追逐着另一条河
一个时代,走向另一个时代

松涛水库

南渡江的每一滴水

不一定都向往大海

迷人的松涛水库

就是许许多多的南渡江之水

得益一个理想的指引

来到椰岛西北部的山区安家

松涛的碧波美丽了半个世纪

为库区的人们

输送温暖,输送光明

带来富足和快乐

因此,在松涛的岸边

四季回响着

优美的儋州调声和

快乐的黎族民歌

百花岭瀑布

溪流是主角
高山峻岭是舞台

从七百米海拔开始俯冲
向着大海奔腾跳跃
不管前路是悬崖峭壁
即使粉身碎骨
也要飞翔
也要歌唱
也要开出花朵

溪流告诉你一个秘密
只要不停拼搏
生命永远焕发光彩

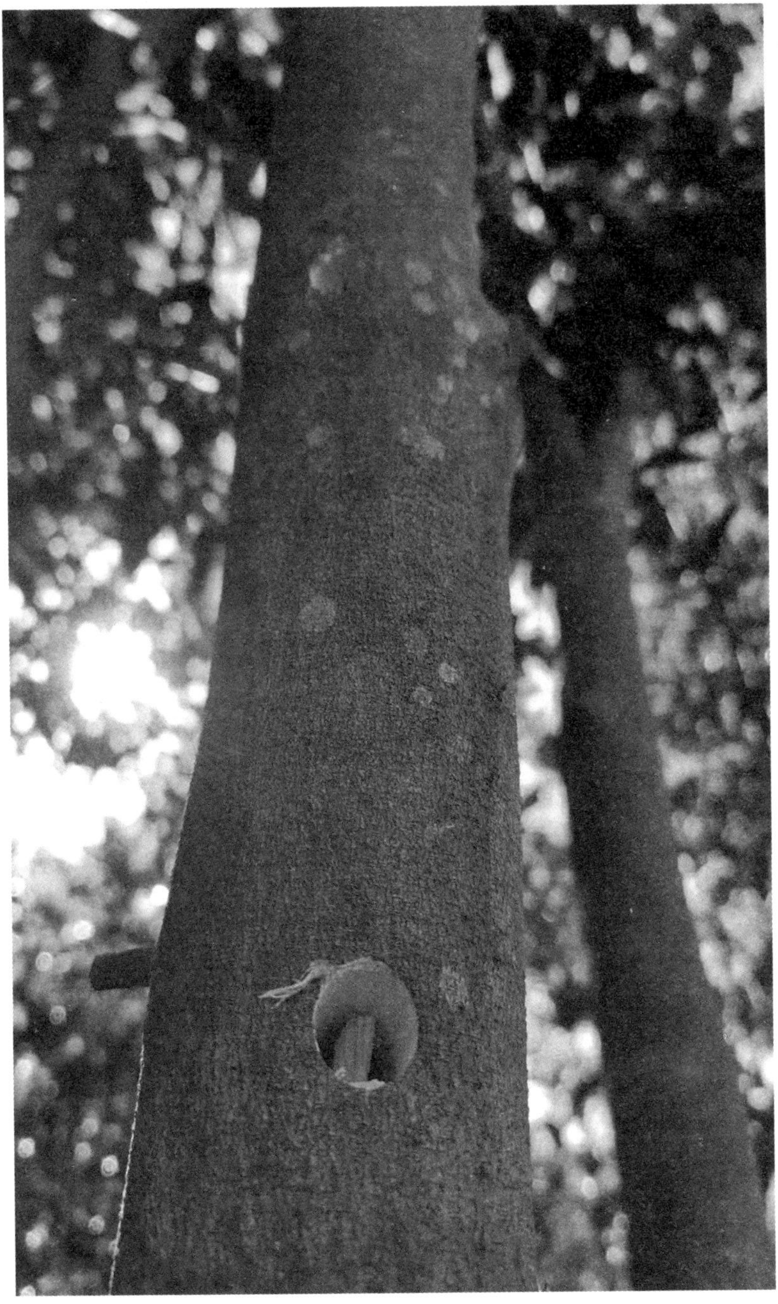

吊罗山

岁月与传说一样久远
风景与故事一样精彩

高山雨林不需仙的魔力
就能生长那空灵的绿
清溪流水不需有龙
也有拨人心弦的灵动多姿
那挺拔千年的陆均松
可以让懦弱的人变成英雄

走进这神奇的山水
你能看到桫椤、兰花
看到飞瀑怪石、巨木异草
你如果在平心静气中
能听到传说中可实现愿望的
敲锣的回声
才算真正认识了吊罗山

神玉岛

高山雨林托出一块碧玉

玉田里长出一座岛

这山中之岛,雨林之岛

是大力神献给保亭的厚礼

在玉一般的山水间

从热带雨林吹来热烈的风

会撞开你封闭的心胸

那绿汪汪的湖水浩浩荡荡

必将你生活中累积的烦躁轻轻抚慰

山脚边那多彩的山花妖娆摇曳

一定能激活人们敏感的嗅觉

你会强烈地呼吸到那岸边书苑的芳香

天风,碧水

森林,花草

柔软了人的心灵

小岛高山上的佛音

袅袅娜娜,仿佛从天际传来

让那些在路口徘徊的人

通透了人生

五公祠

岁月之河将千年的过往
在河床上反复冲刷
那些腐朽的事物
变成了渣滓,沉淀在河底

总有一些名字,一些形象
经岁月之河的冲洗愈加清晰
如五公祠里的每一个塑像
坚毅的眼光,刚硬的腰板和
强健的体魄

陈腐的随河流而去
留下坚硬的部分
愈加清晰明亮

潭牛镇田野公园

当夜的黑遮掩了世界
天上的星光便落满田野

这是公园最旺的时光
灯光明亮的水上舞台
你刚唱罢我登场
人们轮番上阵唱着自己的歌

隔着水塘的观众席
连着小吃一条街
人们坐在高凳上
饮啜着椰汁、啤酒和茶水
品尝小吃和烧烤
美味、美色、美声
与人流的喧闹相互缠绕

舞台背后的田垄上
众多的瓜果蔬菜默默无言
它们在天底下暗暗较劲
勃发生长的力量

透滩村的古石桥

远古的雷电淬过
千年的江水冲刷过
万年的泥土掩埋过
只有经过这样的考验
那些石头,才能担负起桥的使命
溪水用整个生命在奔流
也填不满石洞若谷的虚怀
水与风合谋
用它看不见的刀
刻入石桥的肌肤
石头用四两拨千斤的功夫
化解外力对它的伤害
它那纵横的沟壑
记住了水和风的嘴脸
这是大自然八百多年的演绎
没有血痕的搏杀
石桥暂时胜出
虽然它现在的形象
矮于旁边的新桥

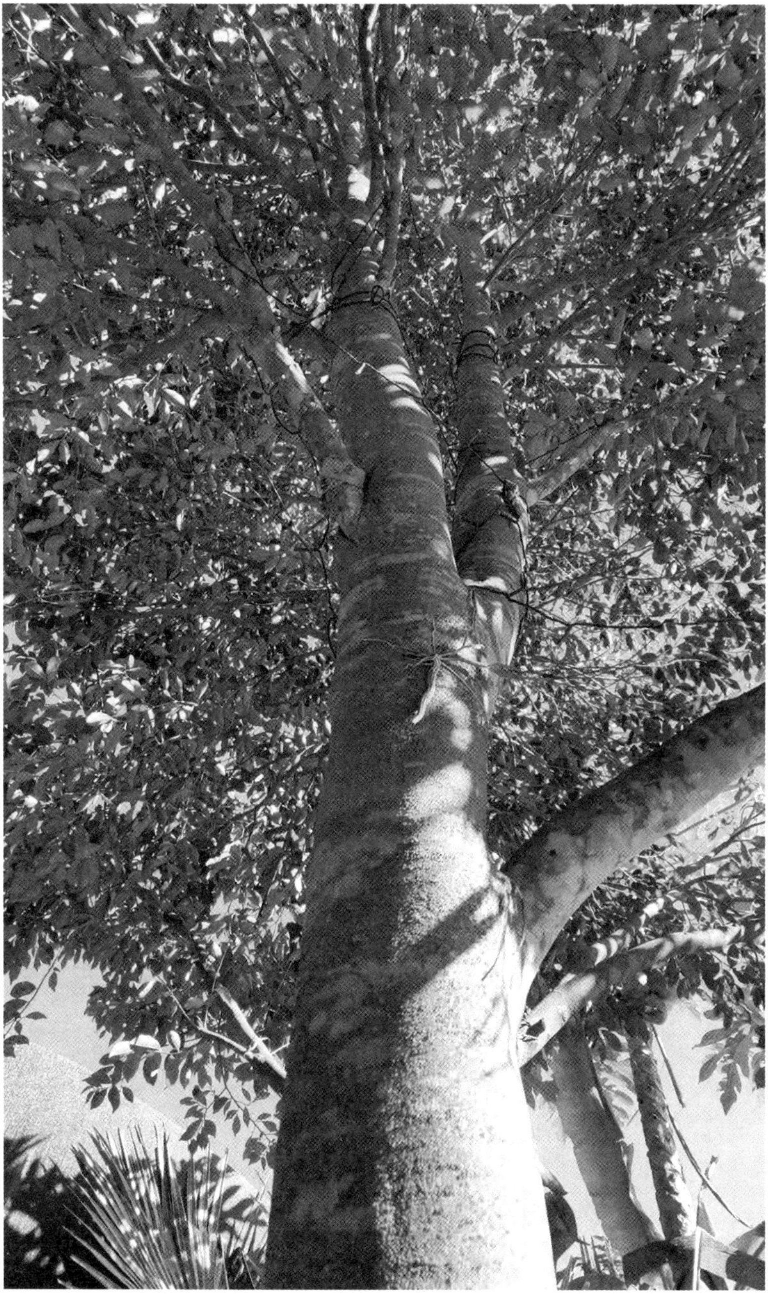

美巢村

那些大树太古老
那些石板路太古老
平民走过
达官贵人走过

美巢村古老得让古人与它扯上了关系
古老得让人说不清楚它的过去
太多的村名,哪一个更准确
美巢村与买愁村是什么关系
美巢村与莫愁村是什么关系
甚至买愁村和莫愁村有什么关系
村名的讨论陷入时间的漩涡
答案日益幽深

其实我们只需记得它古老的形象
不必太在意它的名字

任何讨论都是多余的
美巢村只愿做一个临高的小乡村
安静地躺在山水里
过着平静幸福的生活

金牌港落日

在海边看日落
需要闲情
更需要耐心

我们一群人
傍晚在海岸边等不到落日
只以西天边金黄的云彩做背景
看那些仙人掌，晚归的渔船
滩涂上的红树林，还有抗风的木麻黄
嘻嘻哈哈地闹着，拍照留影

落日总是不打招呼
悄悄出现，不知不觉钻出云层
赤裸裸圆鼓鼓地悬在海面上
橘红的大太阳啊
那色泽仿佛着了魔法
泅透了云彩和海水
海天一色中
弯曲的海岸线
仿佛一只大虾
被又大又圆的太阳煮熟了

此刻,我们已坐在海岸边的
一间农家乐里,喝着鲜美的鱼汤
有些人透过玻璃窗
终于见到那西天的日落

潭门港

从这里驾船出发的人
都是南海的子孙

渔民们站在港岸上
眺望连接天际的波涛
侧耳,能听到远在南沙的
海底鱼儿的私语

他们以水为田,以船为犁
在辽阔的海洋上耕耘岁月

回到这里的船上
满载着出海前人们祈祷的
还有一百〇八兄弟公佑护的
最美好的事物

日月湾

一层层的浪从大洋深处奔来
带着满眼的花开和快乐
涌向人们的怀抱
一轮轮的旅人带着某种期待
来这里围观海水的歌舞

一些不满足现状的人
用身体与海对话
他们听懂了海的语言
站立潮头,与海浪嬉戏
跳起海的探戈
穿行于大海的起伏跌宕间

那些冲浪的人
他们与海连成一片
成为潮头的一抹浪花
是游人眼里一抹明亮的风景

过海口

高楼林立,霓虹闪烁
解放西路行人匆匆
仿佛在赶赴一场约会
明珠广场的超市里
商品铺天盖地,色彩斑斓
如山中一年四季盛开的花
海秀路汽车如蚁
没人知道它们最终的目的地

鸿运大酒店十多层的高楼
我只需一间房一张床和
一个拉撒的地方
就能安置好我的肉身
以及思想和欲望

天一亮,我将离开海口
回去时的行囊与来时分毫不差
那时,我将与海口道别——
再见海口,我们互不相欠

海口钟楼

屹立在海滩上
脚下的土地
连接五洋四海
每时每刻
旋转的时针
将旧时光分门别类
藏进海口的记忆
又将未来的希望
抛向满天红霞和
璀璨星空

众人注视你的眼光
你都一一回应
仿佛长者的劝诱
让每一个人
珍惜当下

石梅湾·凤凰九里书屋

前边有山
后边有海
一间书屋
就这样依山傍海
安静于山海和森林一隅

前边的山
后边的海
合在一起就是一部大书
打开,就是一个世界
书屋藏着古与今
山海承载着人生的酸和甜

诗情画意
充盈山海天地
生活的远方

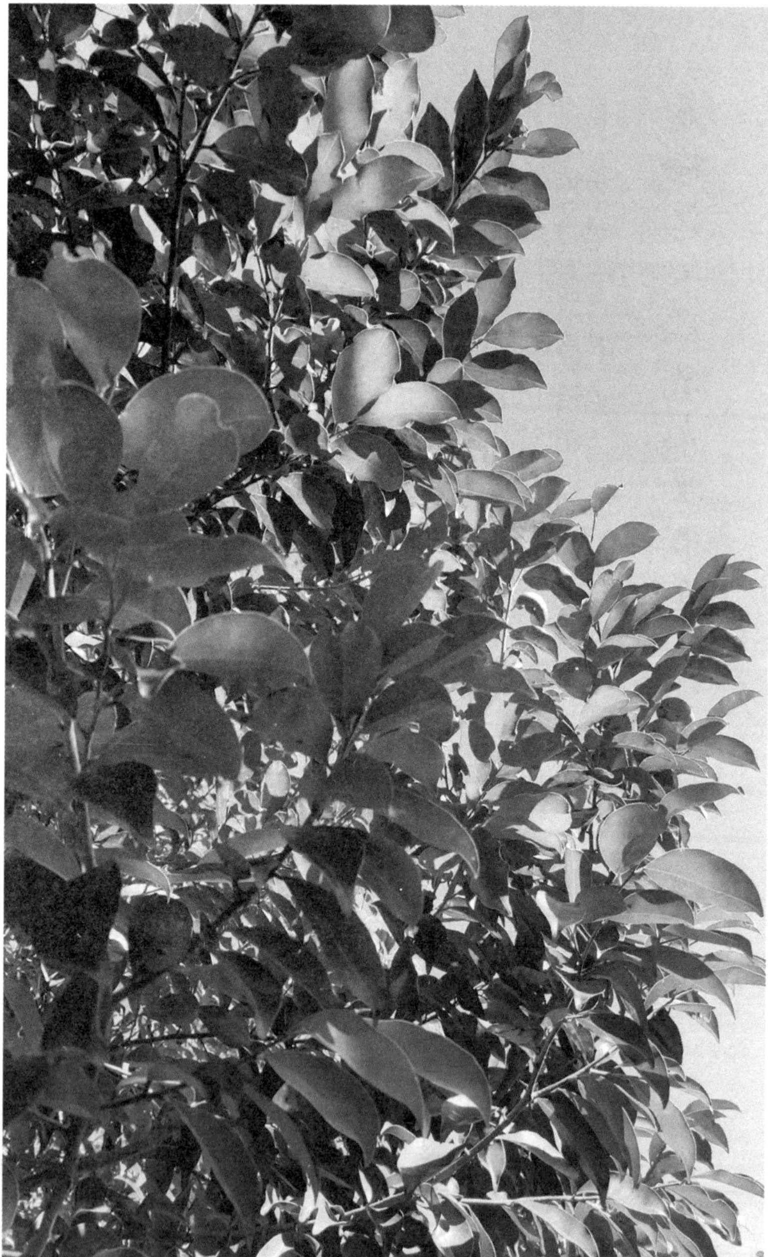

和坊

一座仿古牌坊,屹立于
保亭河畔,我仿佛看到
一个图腾屹立在高岗上
被众多的民族敬仰

七仙来仪啊
谷仙让好雨润物,五谷生长
药仙专管祛病除灾
让黎民幸福无疆
还有那舞仙、乐仙、织仙和
酒仙,美好生活的元素
缺一不可。美丽的仙女
在和坊的静默中
或在沁人心脾的琴声里
暗暗地,为我们祈福

登上牌坊阁楼凭栏远眺
那远方吹来的长飚
仿佛仙女舞袖的风流
穿过园林小城的烟火
迎面扑来,凌厉中
蕴含着春天的茶香

黄河边

大半辈子了
我心中的那条黄河
都是风啸马吼,龙腾虎跃
挟裹着黄沙一路咆哮
奔流入海的黄河

在青海的贵德县
我第一次站在黄河岸边
看到了不一样的黄河

谁说黄河水总是黄的啊
铺在我面前的黄河
那水分明是玉洁透明的
在蓝天下散发着碧玉的颜色
伏在平川上无声奔涌

在岸边的黄河少女塑像旁
我赤脚踏进清冽的黄河水
劳顿和污浊随清流而去
凉爽浸润着我的身体
变得无比轻柔

那无声胜有声的奔流啊
此刻在我的心里奏起了那首
响彻云霄的大合唱

这纯净的黄河啊
必定要经历黄土高原的曲折险阻
才能化身华夏儿女的图腾
长成与我们一样黄色的脸

金银滩草原

汽车行走在青藏公路上
我看两旁每一片草原
似乎都是一样的
辽阔的草地连绵起伏
远处的雪山顶上闪着圣洁之光
牛羊像蚂蚁点点
蛰伏在草地上
不时有经幡飘扬
点缀着藏民的毡房

车过金银滩
向导唱起了在那遥远的地方
我的心忽然被拨动了一下

我相信这片古老的草原
一定亘古不变
那美丽的卓玛姑娘
也永远不会变老
此刻,她一定在金银滩的深处
轻扬牧鞭
放牧着牛羊
等待着她的心上人

五月的雪

今夜，下雪了
那些雪没有约定就从天而降
悄无声息地下

几千几万年的青海
雪每年都这样下
青海的人早已习以为常
偏偏这次，雪的舞蹈
惊动了一群南方之南的旅人

下雪了，随着一声惊叫
这群劳顿了一天的人
霎时精神抖擞
纷纷从楼上跑下来
走到大街上
脸上挂着孩童的表情
张开臂膀
迎接那陌生又熟悉的
天上精灵

这个五月

青海的雪也是幸运的
这意外的初见
让那些纷飞的雪花
也增添了一份惊喜

上海滩

多么熟悉的影视场景
仿佛是梦里的世界
昔日的十里洋场
近代中国的一部史书

沿着黄浦江的弧线
岸边矗立着各种高楼大厦
古典式,哥特式,巴洛克式
东印度式,法国大住宅式
中西合璧式
真正的万国建筑博览群
那高耸的大楼钟
成排的楼房尖角
雄伟的穹隆顶
欧美花墙及印度柱廊
让我们想起那段黑白时光的
喧嚣和繁华

对面的陆家嘴
在夜色里光彩夺目
东方明珠塔、金茂大厦

上海中心大厦
数不清的高楼
立成一片大森林
身披五彩斑斓的盛装
直插云天,仿佛是
新时代的童话世界

一边是古老的历史文化遗存
一边是当代都市的发展奇迹
在时间与空间的交织中
让我们百感交集

南湖红船

昔日的江南烟雨
渲染了美丽的嘉兴南湖
烟雨楼前,一百年前的
一艘单夹中型画舫
定格在南湖中

这里,达官贵人来过
骚人墨客来过
皇朝的先帝来过
很多很多的人来过
他们都从原路返回去了
那么多的画舫、唱曲舫
丝网船、公渡船
满载游客尽兴游弋
千百年来,都走不出
时代的兴衰

一群共产党人
在一九二一年的某一天
坐上了这艘普通的画舫
终于从南湖开始

这艘画舫承载着一个
伟大的中国梦,乘风破浪
开辟了一个中华新天地

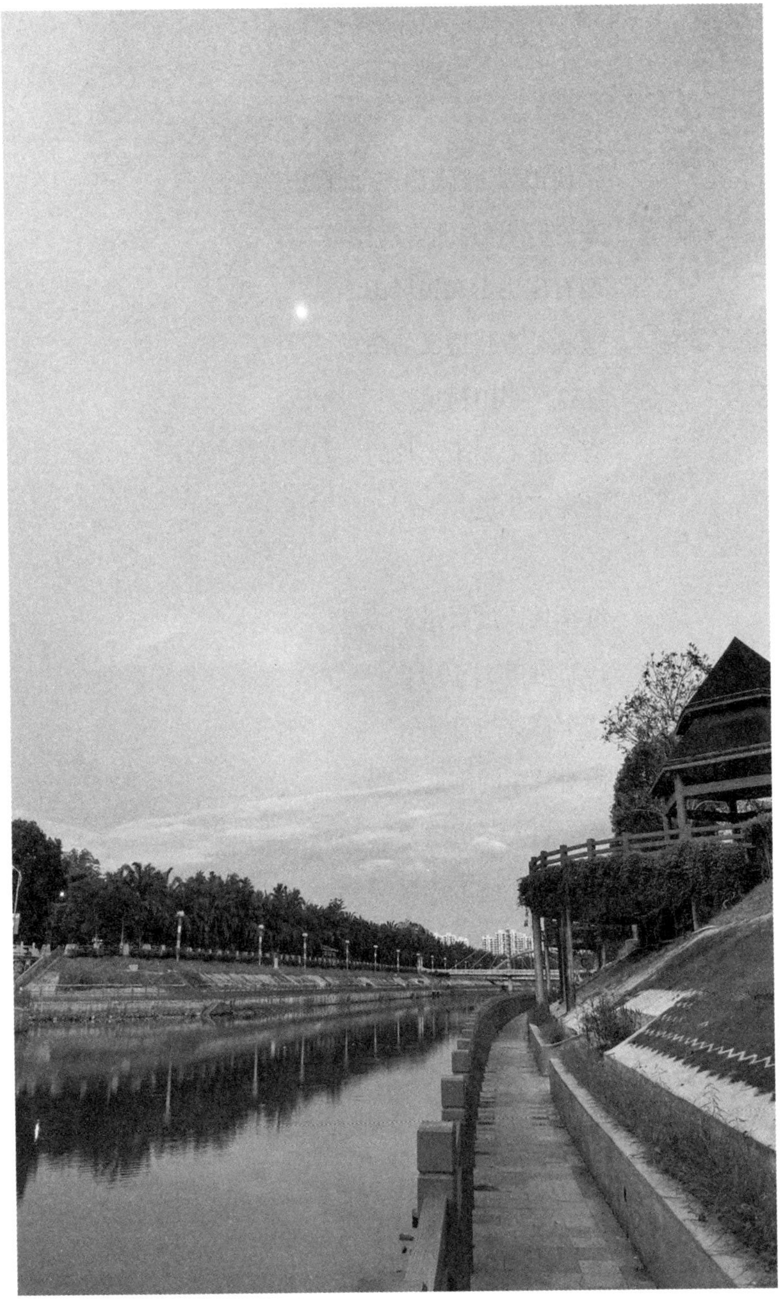

毛泽东小道

一块田坝,被高山三面环绕
东有石牛山,北有马鬃岭
西有崖头山和银屏山
这就是贵州遵义的苟坝村
在这个小山村里
有一条1.5千米长的
毛泽东小道

红军长征过贵州
1935年3月10日
这个特殊的日子
面对敌军的围追堵截
革命陷入了道路之争
一位伟人夜不成眠
午夜时分,思路豁然开朗
在星稀的凌晨
手提一个小小的马灯
从新房子出发,沿着龙井溪边
走过曲折的田埂
来到长五间
与他的亲密战友

探讨革命的方向
让长征走向胜利

一位伟人,在三更半夜
提着一点可以燎原的星火
走过那条曲曲折折的小道
让千万千万追随他的人
前仆后继,最终走出一条
让中国革命胜利的康庄大道

长白山峡谷

远古时代,地火破壳而出
在那块东北的土地上
裂开了又长又深的地缝
那永远敞开的口子
铭记着土地的沧海桑田

这是大地一块永远不能合拢的
大伤疤,能够治愈它疼痛的
只能是阳光雨露
只能是从它柔软的部分
萌长出来灵动的绿色生命
只能是前仆后继
流向它内心最低处的溪流

那么多游客
带着惊叹的眼神
向着山谷的最深处
企图打探出大地的秘密

长白山天池

据说天池一年之中
三分之一的日子被烟云覆盖
登长白山能看见天池的
一定是有福之人

当我在山顶看到神奇的湖泊
登山的劳顿瞬间忘却
只有异常的惊喜
十六座山峰共捧一泓碧湖
水上的云烟缭绕得恰到好处
让每一样景物各美其美

岩浆暗红
藏于看不见的山底
山雪艳白
装饰着群峰
峰峦巍峨
湖水黛蓝
江山如此多娇
世界如此壮美

这艳丽之境,让我欣喜
也让我心生怜悯与慈悲
愿世上所有的众生
都是有福的

青海湖

仿佛青藏高原的眼睛
照映着蓝天白云
"措温布",青色的海
弥漫着诱惑的光彩

你是文成公主思念长安的
日月宝镜,你是昆仑山王母娘娘
举行蟠桃盛会的瑶池
你是海龙王引来一百〇八条河流
汇成的西海

你是高原人共同的圣湖
你是慈悲的菩萨
保佑着湖畔方圆千里
草茂花香,牛壮羊肥

海南欢乐节游建华山

依然是温柔的海涛

如雪的沙滩

挺秀的椰林山

晴朗的蓝天

海涛那优美的耳语中

添加了许多

从大洋彼岸传来的声音

那熟悉的音调里

有一些陌生的语言

海边那柔软的沙滩上

有好多红发高鼻蓝眼

椰乡人海风般的热忱

把世世代代的希冀和梦幻

写在渔帆点点的碧海

写在椰林飘舞的蓝天

椰颂

沐浴着亚热带的七色阳光
长成阳光岛上的骄子
在海滩、山区
在田野、坡地
一株、一排、一片
站成风景凝碧

游人喜欢你
高耸云天伴着蓝天白云
诗人喜欢你
面对飓风不屈不挠
椰农喜欢你
一无所求却一生奉献

椰子树,你是
海南奋飞的龙
椰乡人心中的图腾

胸怀

天空真大
能装下日月星辰
也能装入风霜雷电

共产党胸怀真阔
能装下天下江山
装下人民

五指山颂

屹立亿年

呼风唤雨

巍峨的身躯

成为海南的形象

茂盛的雨林中

溪流江河雀跃欢呼

群鸟歌唱

百花献媚

在山的怀抱里

各族人民勤劳不息

四季的时光

弥漫着瓜果的芳香

牛羊满坡，鱼米丰盈

先人用山兰酿成的琼浆

陶醉了每一个日子

站在历史的转折点

祖国已绘就自贸港的画卷

改革开放试验区

国家生态文明试验区

国际旅游消费中心

国家重大战略保障区

一个个新的名词,新的功能

赋予五指山新的力量

引领新的五指山人

创造出一个个新的奇迹

五指山的目光

已越过田野山川

投向更远的南海

那里天高海阔,万帆竞张

一条海上丝绸之路正在铺开

连接七大洲,四大洋

我的乡村

我的村庄不大,两百多人口
仅有魏陈黄三个姓氏
为什么称罗滚村
村里最老的人也说不清楚

我常梦见
通向野外弯曲的羊肠小路
人走过去裤管上沾满草籽的绿草地
山地里盛开着野玫瑰野菊花
那里有我孩童时追赶蜻蜓的快乐
野地上绽放的粉红花朵山稔丛
它那紫黑色的果实,散发甜美的诱惑
田野里碧绿的秧苗,金黄色的稻穗
沟渠内的小螃蟹和小鱼虾
是孩子们放学后最大的牵挂

我怀念乡村瓦房上那袅袅的炊烟
端午节母亲亲手做的糯米粽
透着蕉叶的清香
家乡人春节前都要制作的糖贡
我们和先祖都喜欢享用

集市日小店里的海南粉
蕴藏着浓郁的家乡味道

我的乡亲们
一生都用纯正的乡音
评说着世界和人生
不论出去多远
总会以老家为故乡

故乡的路

故乡的路很短
相思翻一个筋斗
百里之外的故乡
就在心里栩栩如生

故乡的路很长
任凭外出的游子
从春走到夏
从夏走到冬
从垂髫到耄耋
尽其一生
才能走到尽头

村口的沙土小道上
满头白发的母亲
手持拐杖寂然默立
用一生的光阴
期待游子归家

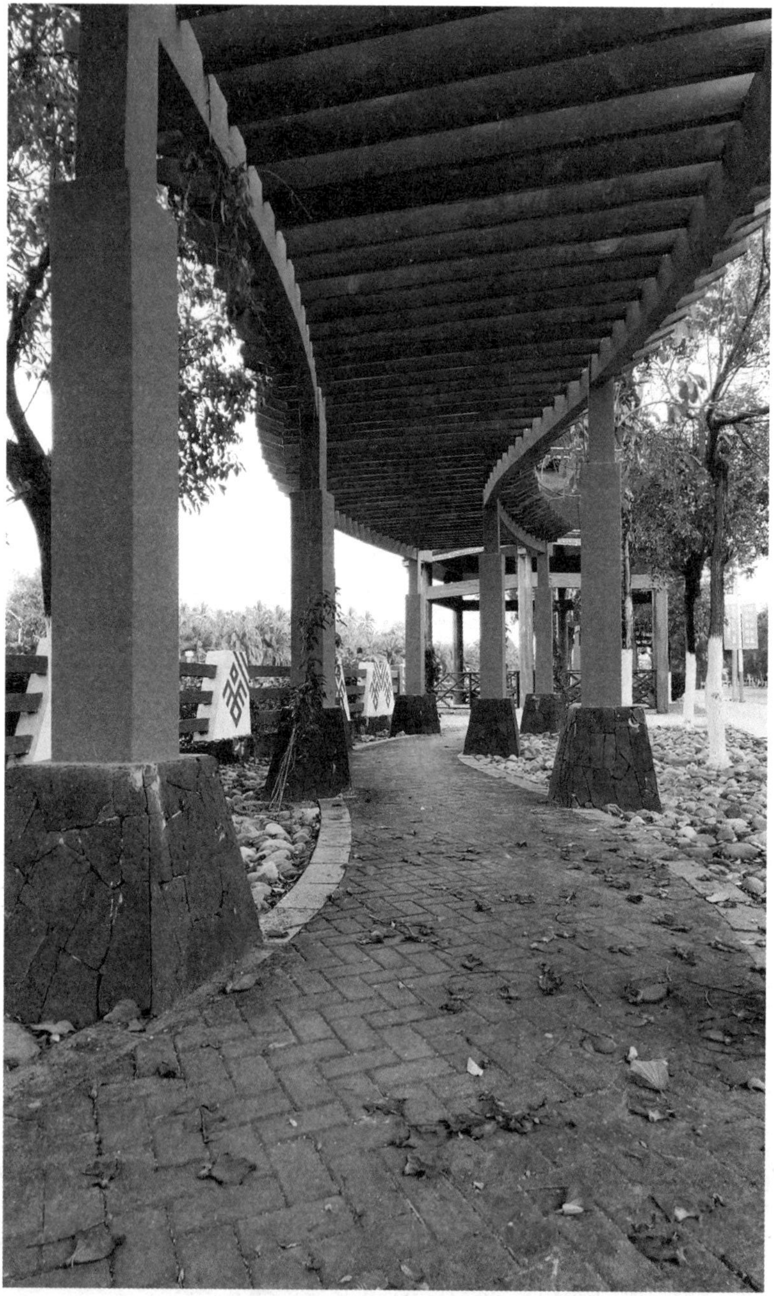

母亲的假期

每个节假日
我总想抽出时间回家
看看那日益苍老的母亲

母亲每天伺候庄稼和牲畜
除了老天和自身的病痛
谁也不能给她假期
一年三百六十五个日子
每一天都忙忙碌碌
以此寄托生活的喜怒哀乐

岁月风干了她的肤色
人生负荷压弯了她的腰身
当小小的锄头,最终将她
坚强的肩头硌痛
她将农具一摔,对我说
我的假期终于到来了

母亲的微笑

母亲八十多岁了
像其他乡下的老人一样
喜欢喝速溶咖啡

我每次回家都要算计着
母亲的咖啡什么时候喝完
好及时续买。这次回家
我又要带她去镇里超市买咖啡
母亲却摆着手说,不必了
政府每月又给八十岁以上的老人
增加补贴啦,咖啡奶粉
我自己早就买好了

母亲说话时
脸上快乐地微笑着
天真得像一个孩子

愿望

早上接到电话
一位朋友的母亲过世了
我按照当地的风俗
与其他好友相约
到朋友家里烧了香
祈愿老人一路走好

回来的路上
我突然产生了一个强烈的愿望
放弃了第二天去旅游的计划
我驱车两百多公里
回到老家,陪八十多岁的母亲
度过了两天的双休日

黄道婆

一位不平凡的女性
遇上屈辱的人生
只能成为不幸的弱女子
一位不平凡的女性
遇到一个不寻常的民族
却能成就一位伟大的女人

从黄浦江到海之南
跨越两千五百公里
小小的水南村
以天涯的海阔天空
接纳京官谪臣
也接纳这个远洋而来的
受欺凌的女子

她勤惠善良，美丽灵巧
与黎族姐妹一起
种水稻，种山兰
更对女红着了迷
纺棉丝，织黎锦
以细腻的情感

琢磨着纺织的奥秘

这位江南的女子

过了三十多年海岛女人的生活

当她离别黎乡回到出生地

仿佛是功德圆满的天使

带着机杼、棉纺、织锦

带着崖州人的智慧

带着温暖众生的情怀

还有天涯海角那抹美丽的云彩

一次逃难

促成了一个名垂汗青的纺织家

一次归乡

成就了"衣被天下"的新世纪

那条溪

小时候
村边那条溪好宽好大
溪水打着旋
飞翔在家乡的大地上

我与小伙伴在溪岸上玩翻筋斗
裸身扎进河中,与鱼儿撒欢
仿佛婴儿在母亲的胞胎里
吮吸生长的力量

溪水的翼翅佑护一切
两岸稻谷金黄
苞谷饱满
林间瓜果丰硕
村中男女老少
一年四季笑靥如花

如今溪水已枯缩至谷底
犹如父母亲那干枯的皮肤
细小的流溪
再也无力扬起飞翔的翅膀

恍惚中，我听到了涨潮声
清澈的溪水渐渐铺满了河床
又软软地将我湮没
我融化在水中
溪水打着美丽的旋
悠悠飞翔在家乡的大地上

黎村舞台

七仙岭下的番托村舞台
台前只有三个台阶
随便哪个三岁的孩子
都能轻易走上去

村庄已历经沧桑
凡是过往的、令人怀念的事物
都在这个舞台重复上演
茅草制作的船形屋、绣面女的筒裙
小腰篓、挑水的小竹桶
刀耕火种的劳动方式
还有爱情歌、生产歌、迎客歌
都在这个舞台得到演示

舞台的背景
后面是碧绿的田野
玉米棒、朝天椒、青豆角
青瓜和番茄也谈起了恋爱
左边是硬化的村道
环绕着村民的平顶房和小洋楼

村道两边开满了花

右边是通向城市的水泥公路

村民的小汽车和小货车来来往往

我们去探访这个村时

村民们都忙活去了

只有明晃晃的阳光

一闪一闪的

落满舞台

行走毛天村

我喜欢行走在毛天村
看蓝天之上
阳光热烈,白云悠悠
梦幻的光影照亮大山和丘陵

我喜欢行走在毛天村
看青山连绵,白鹭齐飞
十里长风拂过田野
时光将安宁洒遍大地

我喜欢行走在毛天村
看河水奔流向村边田头
滋养五谷丰盈禽畜兴盛
"三棵树"撑起了一片天地
乡亲们在大地上生生不息

我喜欢行走在毛天村
看乡亲忙碌在田野坡地
女人用灵巧的双手织出黎锦
她们辛勤劳作
将新生活打造得五彩缤纷

什进村·布隆赛

北京吹来的春风
催开了黎山的扶桑花
习主席来过的保亭什进村
赶上了乡村振兴的春天

茅草房，老瓦房
已走进了历史博物馆
大酒楼，小别墅
老乡的生活变了样

村路宽敞，路灯如昼
昔日穷乡变成了旅游村
庭院洁净，花草飘香
农民的心事甜蜜又美满

早上收瓜菜，摘槟榔
下午又穿起筒裙去酒店上班
凌晨在村里做环卫工
天亮又当起小卖部的营业员
村外那金灿灿的稻田里
建起了观光栈道

旅人在穗海里拍照绘画

一个普通的黎村
建成了旅游大区里的小镇
老乡的生活方式
改变了农民这个词语的定义

在毛感，遇上沉香

你是一个怎样的奇女子
从远古走来，藏身于
亭亭玉立的雨林树木中
你是气韵高雅的精灵啊
在天地间挥发着绝美的清香
清新脱俗的气息
让不安分的灵魂得到慰藉
欲望和浮躁，静止于气定神闲
世间的纷扰随香飘散
遇上你，一切事物都安静美好
传说
要用三辈子修来的福分
才能与你相遇
而我是多么幸运
与你相遇
不是在传说的世界
是在毛感
遇上你
生活顷刻变得多么美好

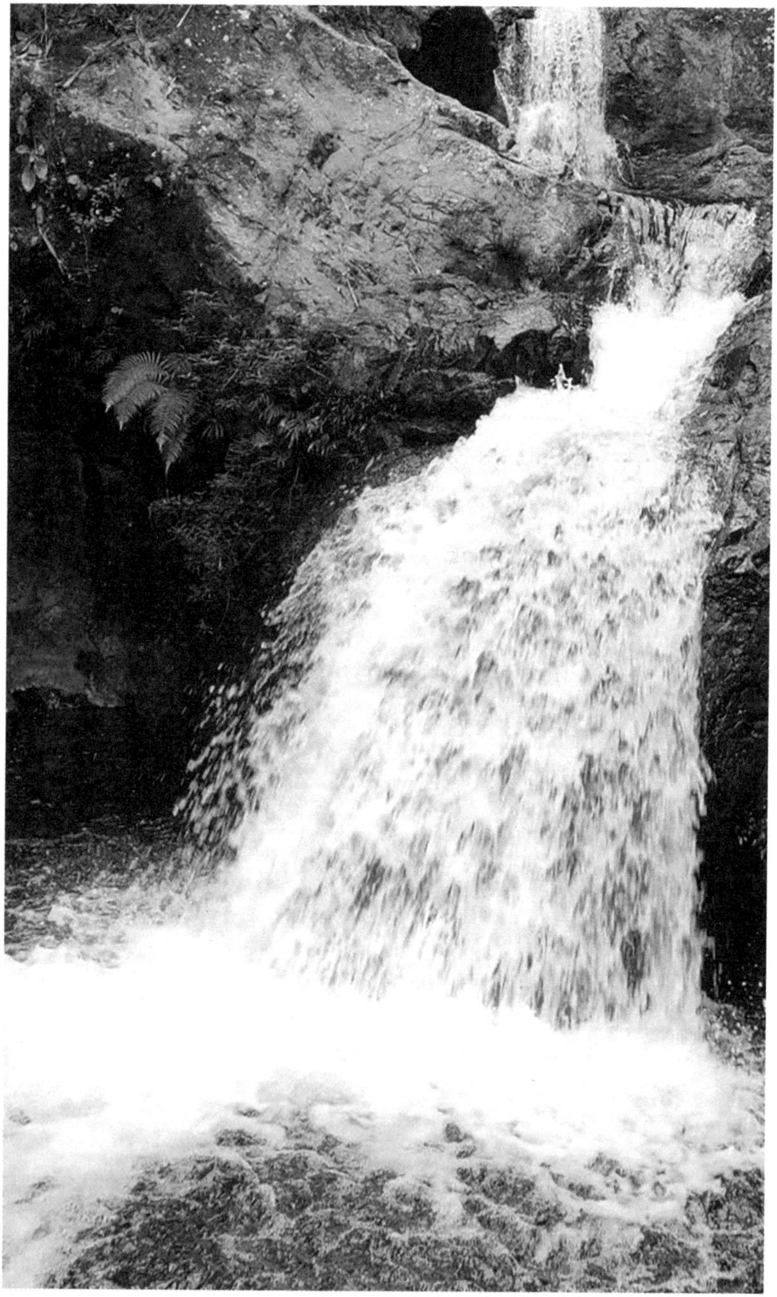

永远跟党走

你是惊天动地的春雷
唤醒了亿万中国人共同的梦
你是划破黑夜的闪电
指明了中华民族前进的方向
你是燎原之星火
照亮了祖国的万里江山
你就是——伟大的中国共产党

一百多年前,列强瓜分中国
各地军阀割据,山河呜咽
中华民族有志之士
积极探索救亡图存的道路
从洋务运动到戊戌变法
从辛亥革命到新文化运动
一代又一代人
上下求索,发奋图强

俄国十月革命的胜利
显现了共产主义的曙光
仁人志士欢欣鼓舞
在一九二一年七月

成立了广大人民的政党——
中国共产党

你用钢铁长城般的意志
化作为无产者谋幸福的信念
你用长征精神
延安精神和西柏坡精神
践行为人民服务的铮铮誓言

你勇往直前,艰苦奋斗
战胜了一个又一个困难
哪怕献出鲜血和头颅
你谦虚谨慎,戒骄戒躁
在前进的道路上"摸着石头过河"
纠正了一个又一个错误
你坚持真理,永不妥协
将革命进行到底
彻底推翻了压在人民头上的
帝国主义、封建主义和官僚资本主义
三座大山

你对内实行民主集中制
充分发扬党内民主,集合群体智慧
带领全国各族人民继往开来

你对外不断拓展统一战线

团结一切可以团结的力量

让爱国人士和进步社团

有了施展激情和抱负的大舞台

你不忘初心、牢记使命

为实现伟大复兴的中国梦

共产党人一代又一代

撸起袖子加油干

敬爱的领袖主席

带领我们打江山,实现民族大解放

改革开放的总设计师邓公

引导我们解放思想,走向富裕和繁荣

新时代中国特色社会主义道路领路人习近平主席

正带领我们努力奋斗

实现伟大复兴的中国梦

百年风雨,百年征程

走过繁华,不忘来时路

你初心永挚、斗志昂扬

建党一百年,走过小康路

新中国成立一百年,实现强国梦

你目标坚定,脚步自信

正迈向中国道路更加美好的明天

我们永远跟你走
伟大的中国共产党
在锤子与镰刀的旗帜下
我们万众一心,众志成城
百折不挠,开拓进取
共创新辉煌

我瞻仰，保亭大地那壮丽的色彩

走在保亭大地上
我看到群山清秀，河水欢腾
田野上稻菽翻腾，瓜果丰茂
那些花草爬满了农家小院
丰收的颜色覆盖城镇和村庄
农民的脸上
显现着生活的欣喜和富足

我驻足欣赏这太平盛景
心潮涌起无限感慨
耳边传来风吹松林的声音
仿佛岁月深处的回声

这片土地，曾经军阀横行
土匪猖獗，日本侵略者的铁蹄
蹂躏着祖国破碎的山河
顽强不屈的保亭人民
开展了反侵略反压迫
争取民族解放的伟大斗争

砰的枪声，是琼纵战士
在袭击日军据点

轰隆的爆炸声
是全国战斗英雄陈理文
成功拔除了敌军的堡垒
军号响起
激励着革命者冲锋陷阵
许多战士倒下了
殷红的血，鲜艳了战旗

五月鸣啁，木棉花已老去
仿佛先烈的鲜血
融入了保亭壮美的土地
化成若水的善
我明白，这鲜红的色彩
是保亭大地山清水秀的底色

走在保亭大地上
我怀着恭敬之情
瞻仰着那红色的部分
不禁热泪盈眶

我相信，这红色的基因
早已植入保亭人民的血脉
将化为保亭人民奋斗的强大动力
百年辉煌再出发，擘画一幅
乡村振兴的新画卷

七仙岭下党旗红

三月的春风,吹绿了枝头。

明媚的阳光,点燃了鲜花。

七仙岭下,绿装素裹,空气芬芳,河水欢腾。

保城高楼林立,街道洁净,超市里商品琳琅满目,旅人如织。

七仙广场上,随着优美的音乐,人们跳起了欢快的广场舞,唱起了雄壮的歌。

我知道,他们在唱赞歌,赞颂共产党带领人民过上了小康生活。

我知道,他们在唱《绣红旗》,唱《没有共产党就没有新中国》!

曾记得,在那革命斗争的年代,鲜红的党旗指引着保亭人民反抗压迫,投身民族解放的伟大事业。

曾记得,19世纪20年代,红色的种子在七仙岭下生根发芽。优秀的保亭儿女们举起拳头,面对鲜艳的党旗庄严宣誓,做一名光荣的共产党员!

他们鞠躬尽瘁,信念坚定,机智勇敢,

不怕牺牲。

你看到了吗,那是全国战斗英雄陈理文——他迎着敌人的炮火,举着冒烟的手榴弹,冲向了枪口吐着火舌的碉堡,将敌人的阵地炸开了花。

你看到了吗?那是琼崖纵队的战士——1942年11月,他们向驻扎在什玲的日本侵略者发起进攻,击毙日军二十余人,打响了在保亭境内抗日的第一仗,粉碎了日军不可战胜的神话。

你看到了吗,那是被誉为"保亭刘胡兰"的黎族女战士王凤莲——她在敌人的刺刀下勇敢前行,为部队充当交通员,被国民党反动派残酷杀害,英勇就义,时年十五岁。

在保亭的优秀儿女中,牺牲的烈士还有李封明、陈文进、黄亚梅、胡老原、黄老彭等共计140多人。

让我们记住这些英雄的名字!他们为鲜艳的党旗增添了一抹血染的风采!

是他们,与海南人民一起创造了琼崖革命23年红旗不倒的辉煌篇章!

革命传统代代相传。在建设社会主义

的新征程上,保亭人民高扬中国共产党的伟大旗帜,投身脱贫攻坚中。

黎家苗舍,田间地头,到处闪现着共产党员忙碌的身影。

他们与农民交朋友,了解农民的心声,鼓励贫困户勤劳致富。

他们规划扶贫产业,发展农村经济,建设美丽新乡村。

他们培育农村电商,开设扶贫市场,拓宽了农产品走进城市的新路子。

你看到了吗,县委书记靠前指挥,确保建档立卡贫困户"两不愁三保障"的措施充分落实。

你看到了吗,县长也变身网红,在新媒体上当起宣传员,满怀激情地向各地的网友推销起农民们种植的百香果。

你看到了吗,驻村第一书记符贤成,骑着单车,不知疲倦地穿行在群众之间,为贫困户解决一个又一个困难,被人们亲切地称为"单车书记"。

在七仙岭下,有很多很多像符贤成一样优秀的党员干部,奋斗在扶贫第一线,向贫困挑战。

在国家规定的时间里,保亭建档立卡

贫困户一千八百九十五户七千八百五十人已实现动态清零,全县贫困村已脱贫出列。

黎村苗寨里,昔日的茅草屋变成了宽敞的砖泥房,硬化的村道旁,鲜花斗艳,路灯将乡村的夜晚点得亮如白昼。

各族农民吃上了旅游饭,有的开上了小汽车,还住上了小洋楼,脸上乐得开了花,幸福感在蓬勃生长!

党旗飘飘,飘过一百年。

飘扬的党旗上,跃动着共产党员们一颗颗滚烫的心。

中国共产党正斗志昂扬,带领全国各族人民向第二个百年奋斗目标奋勇前进。

保亭各族人民时刻准备着,为加快推进海南自贸港建设和乡村振兴战略,再立新功!

鲜红的党旗在七仙岭下高高飘扬。

毛天人民心向党

优美的黎族八音响起来！欢乐的黎族民歌唱起来！热烈的舞蹈跳起来！

勤芳美丽的毛天人，此时此刻载歌载舞，庆祝亲爱的祖国成立七十二周年，赞美毛天人过上了幸福的小康新生活！

千百年来，勤劳的黎族人民，面朝黄土背朝天，祖先们钻木取火，刀耕火种，在保亭这片土地上繁衍生息，他们一些人，在毛天扎下了根。艰辛的生活，过了一年又一年。

自从来了共产党，成立了人民共和国，毛天人民彻底翻了身，生活逐渐变了样；共产党实行民族平等的好政策，带领毛天人民勤劳致富奔小康。

党和政府派出驻村工作队和驻村第一书记。他们吃住在村里，为毛天人民建设美好生活提供坚强的领导和依靠。

在全面决胜小康社会的道路上，他们秉持"一个也不能掉队"的理念，开展扶贫工作。全村7户贫困低保户，在扶贫工作队的帮助下，落实"两不愁三保障"，摘掉了

一路风景 | 171

贫困的帽子。21名建档立卡贫困学生,在政府优惠政策保障下,顺利地入学读书。多了在乡村振兴的道路上,他们日夜操劳,无怨无悔。为了毛天美好的明天,撸起袖子加油干。之他们在各村小组开展交通、饮水和光伏项目工程建设,为村里培养大学生,创办科技讲习所,抓好科技下乡,扶持农民发展农牧渔生产,成立农民合作社,开拓农产品销售市场,为毛天人民勤劳致富送一程。

党和政府在村里办起了民事村办服务站,为农民朋友服务到家。农民脚不出村,也可以做到各样证件站里办,各项惠农补贴站里领,各类信息站里查,各种需求站内帮,农民们真正当家做主人!

如今的毛天人民,抛弃了小农意识,当起了市场的弄潮儿。农民种橡胶、种槟榔、种瓜菜,发展畜牧业……农民合作社生产的绿壳鸡蛋、茶树菇和白莲鹅,远销县内外,成了餐桌上的紧俏货。农民们因地制宜,办餐饮店,养蜂养鱼,学会了做买卖,开创出了甜蜜的事业。

如今的毛天村,四个村小组村道硬化,开通了自来水,建起了路灯,4G通信实现了全覆盖,许多农民盖起了楼房,购买了小汽车,过上了昔日难以想象的美好生活。收入一年更比一年高,毛天人的脸上挂着幸福的笑容。

吃水不忘挖井人,毛天人民衷心感谢共产党的英明领导。

在乡村振兴的接力跑中,毛天人民永不停歇,斗志昂扬,发奋图强!

毛天人民下定决心感党恩,听党话,跟党走,在富裕的道路上奋勇前进!

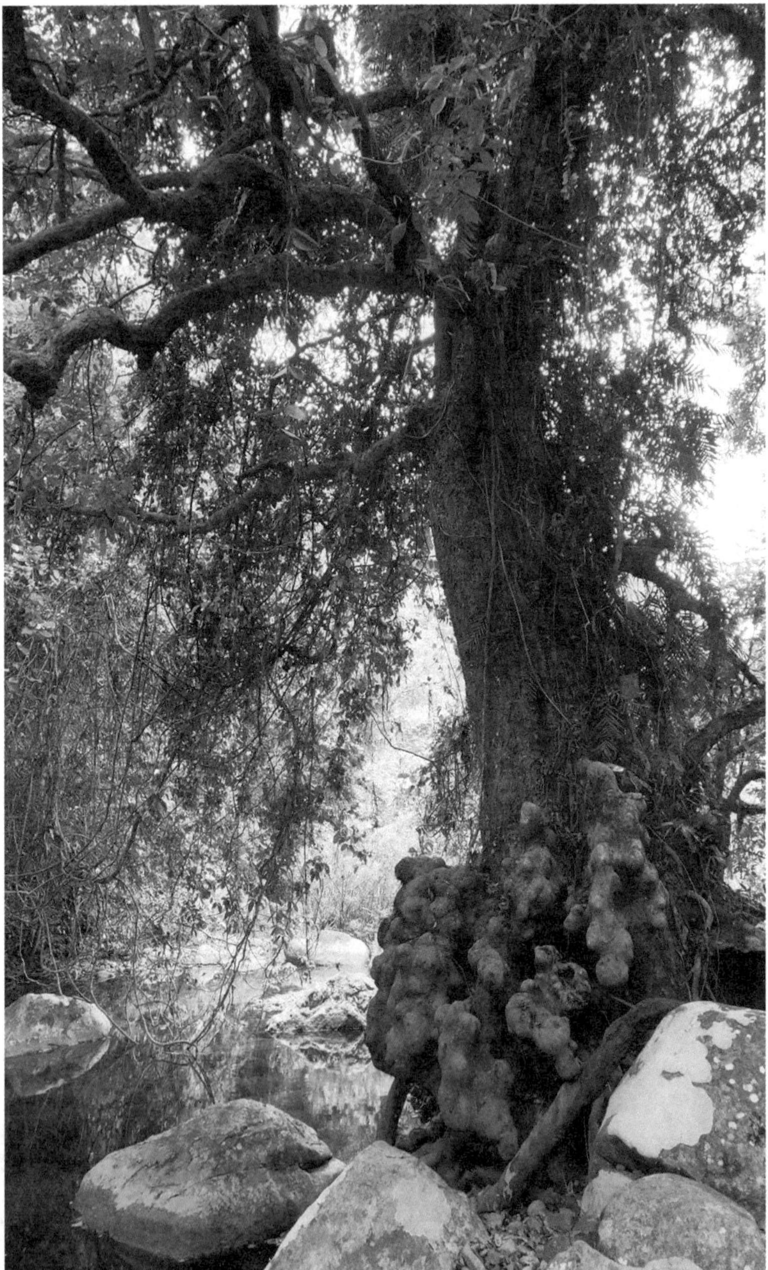

第三辑

大雨林,岛的母亲

绿得千娇百媚的热带雨林
于岛屿的最高处
多么悠久,多么辽阔,多么深邃
在云烟变幻中长出母性的力量

参天的乔木,多姿的灌木
各种藤萝和寄生植物
蕨类和藓类,还有数不过来的
花花草草,密密匝匝
将凸凸凹凹的峻岭幽谷
点染得错落有致,色彩缤纷

太阳的箭,金光闪闪
从蓝天上直射而下
抵达高耸的雨林
所有的绿色热烈起伏
春水在山沟尽情流淌
万物在这里孕育,分娩,死亡
生命在雨林里鼓噪,寂静
千万年轮回

不老的甘工鸟

在雨林中啁啾,飞翔

那看不见的翅膀掠过之地

爱情萌动,唎咧吹响

丰收的果实在田野和园地闪烁

众民族在海岛上相亲相爱

生生不息,不断攀登向阳的顶峰

鹿回头

那黎族少年猎手
为什么历经千难万险
去追逐那只美丽的神鹿
而神鹿为什么在这里
遽然回头,变成美丽的少女
与少年在黎山繁衍生息

九十九座山峰
道阻且长
九十九条河流
水深且湍
猎手目光炯炯
在茂密的雨林中
健步如飞,穿梭如龙
再苦再累,也不改其志向
而神鹿施展魔法
不疾不徐,一路奔腾

在故事的终结处
猎手获得的幸福
看似突如其来

其实神鹿的转身
是在对少年的考验中
刻意地安排

天涯海角

天也无涯
海也无角
人心的向往
总在远方
漂洋过海
只为实现心中的愿望

经历过艰辛的漂泊
山穷水尽处
不妨学鹿回头故事中
那年轻的猎手
和那只可爱的神鹿
停止追逐和奔跑
将天涯海角当作故乡

东山岭

著名的山,不一定都很高
东山岭海拔只有 184 米
却有海南第一山的美誉

那些巨大的石块重重叠叠
耸立起翠绿的风景
攀登山岭的人们
需用肉身的坚韧
征服石头的高度和坚硬

山腰的鹧鸪茶树丛中
几只嚼着树叶的黑山羊
瞪着好奇的眼睛
对同样好奇的人们咩咩地叫着
仿佛在述说关于这片土地的传说

南丽湖

仿佛是定安娘子
扑闪着清澈的眼睛

风从湖面扑来
在游人耳边细语
湖水青青,轻浪拍岸
在为这片乡土喝彩

在轻柔的湖风中
依稀听到梨园里回响着
张文秀和王三姐婉转的旋律
迷幻的水波款款荡漾
仿佛是元朝的青梅姑娘
正迈着碎步,盈盈地
从湖面深处,穿越而来

文笔峰

北宋一名自称海南翁的人
据传在此修道,成仙升天
留下一支大笔,架在大地上
此后八百年,琼州文脉飘香

我慕名瞻仰文笔峰
沿着层层石阶拾级而上
但见——庙宇掩在绿树中
白水奔流入碧湖
游人如鲫来八方

登上顶峰,极目鸟瞰
我看到定安人举着尖峰巨笔
酝酿着山水湖泉的构思
让土地长出新时代的史诗

霸王岭

高大的乔木，蔓延的藤萝
低矮的灌木和蕨类植物
还有更多的花花草草
一年四季疯长无限春意

绿叶与绿叶相拥，
根须与根须相连
比山高，比谷深
比连绵起伏的远山更远
将大地覆盖得严严实实
仿佛母性的庇护
众多的生命在其中生生不息

不想谁去当古今霸王
我只愿变成一只鸟
在森林中自由雀跃欢叫
或在树枝上栖息
享受雨林的勃勃生机

酒店里的树上温泉

在七仙岭雨林仙境度假酒店
那股温泉来自炽热的地底
它们在黑暗中凡心涌动
不甘游离于人世之外

当它们冲出地表
得益于人类思想的指引
像一个杂技演员悬于半空
安静地停在森林枝条间的池里
像神仙向世人奉献的一杯瑶池仙水

这是雨林温泉一个小小的凡心啊
它渴望与人们肌肤相亲
让来度假的人逐渐变得身体通透
暂离俗世烦扰,做一回纯粹的人

火山榕

小到一个盆景
置放于室内,就觉得满屋生辉
大到独木成林,伴着村庄
赠予村人一片透心的清凉

亚热带的阳光
在榕树高大的树顶上闪耀
不见鸟儿,只有鸣啭的鸟语
从浓密的枝叶间传出
那是众鸟啄食榕籽和生儿育女的欢愉

树荫底下,是村人劳作之余
另一个舞台,亲切的琼音妙似箴言
在树底下自由跳跃,从中可以定位
农人的喜怒哀乐,也可以听到
文昌鸡因榕树籽的闻名史

火山古井

千百年来，蛰伏在
丘陵的最深处
那永不枯竭的甘甜井水
滋养我们的祖祖辈辈

每一级台阶
每一块火山石
诉说着祖先的坚韧
以及大自然的无私馈赠

我盯着古井的泉眼
发现古井的内部
竟藏着一条南渡江
或者昌化江、万泉河
被古井水滋润过的人啊
男人强健如山
女人柔情似水

石梅湾

坚挺万年的黑礁石
迎接大海一波又一波的激情
美丽了千年的青梅林
征服了无羁的海浪
潮水涨到了这里
便失去张狂
与青梅林喃喃细语
海湾张开臂膀
拥抱这动感的多情天地

石梅湾有造物主的神力
让与这里有关联的人们
生活万宁,产业兴隆

正月的村庄

正月,让村庄慢慢复活
寂寥的村庄
在此时热闹了起来
在外面奔波的人们
都兴冲冲赶回村里
仿佛要完成一个使命

一种情绪憋得太久太久
需要一个出口,一个突破
家人们围坐一起
尽情欢语,举杯畅饮
脸上的笑容仿佛冲上夜空的烟花
每一个神庙公炉,香烟缭绕
各样美好的意愿和祝福
在浑浊的空气中
弥漫飘散着快乐的气息
一挂挂艳红的鞭炮
是一行行排列整齐的小精灵
在每一个吉日良辰
变着戏法开着鲜艳的花朵
为劳累的生活呐喊助威

成人都将工作放在脑后
孩子更把作业抛到九霄外
一句笑口常开
一句吉祥平安
就让人们心里的喜悦锦上添花

五指山红叶

站在水满乡的高台
遥望五指山脉
枫林连绵，红叶绽放
愉悦旅人的眼光

人们沉醉着满山的红色
欢声笑语仿佛冬日的阳光
纷纷洒落在山谷上
洒落在每一片红叶上

你可知这满山的红色
是枫叶在向我们告别吗
她用这最后的盛装
向那阳光雨露和大山说再见

一阵山风吹来
我看见几片红叶诀别枝头
她们翩翩飞舞，旋转飘落
回归生养她们的土地
幻想着有那么一天
进入下一个轮回

高速公路边的风景

国庆假期,我开车从迷人的保亭
回美丽的老家文昌

高速公路仿佛一道彩带
挂在山水间,汽车平稳快速
在五指山区穿行
山,不再是障碍
水,也不再是阻拦
车窗外,天阔云白

远方起伏的山峦云飘雾绕
椰子高耸,槟榔林立
橡胶树、杧果树、荔枝树
在公路两边花枝招展
阡陌纵横的田野上
众多的农作物
闪烁鲜艳的光芒
丰饶的土地让我感恩和幸福

在公路两边
每一座城镇都在快乐生长

偶尔有高铁动车
和轰鸣的飞机或升或降
从汽车的上头掠过
为海岛的繁华做精确的注解

金色的阳光普照大地
为我的老家拓土开疆
海南岛每一个乡镇和村庄
都是我最美丽的故乡

保亭什慢村

在这个美丽的年月
一声春雷炸响
惊醒了五指山褶皱里的
什慢村，雨声淋漓欢畅
古老的土地得以滋润
在众鸟的欢唱中
村民的愿景破土而出
长成槟榔树、橡胶树
和百香果的模样

不见了祖先的船型屋
低矮的砖瓦房成了历史
在时光的变幻中
黎胞们住进了齐整的别墅楼
昔日刀耕火种的生活，终于
被风雨带走。乡村振兴的浪潮
让农民成为时代的宠儿

在文昌,看航天器发射

这是一个庄严的时刻
也是一个紧张的时刻
成千上万双眼光
凝聚在同一个方向
聚焦在同一个地方

人们屏住呼吸
交谈也轻声细语
生怕看漏了什么
听漏了解什么

轰隆隆的声音
仿佛从天边传来
顿时天地抖动
人们的心
仿佛也与天地一起摇晃

一阵白烟腾起
火箭终于从椰林上钻出
助推器喷着蓝色的火焰
拖着细长的白烟

推送着高大威武的火箭
直插深邃的蓝天

期待已久的心情
因梦想成真而颤抖
最终化为热烈的欢呼
中华民族五千多年的问天梦
从南海边开启新征程

后记

  保亭黎族苗族自治县作家协会全体同仁经过多年的努力,第一套《保亭作家文丛》终于在县委县政府的大力支持,特别是在县文联的热情帮助下顺利出版了。这是值得载入保亭文学发展史册的一件大事喜事,功德无量。在此书即将与读者见面之际,作者谨向积极为保亭的文学事业添砖加瓦的单位和个人致以崇高的敬意。

  《一路风景》诗歌集,是《保亭作家文丛》(共6册)之一,收集了作者近年来创作的120多首诗歌。这些诗歌是作者在工作生活中的所感所悟,在旅途中的所见所闻。作者希望通过自己的诗歌,与所有热爱生活和文学的读者进行交流,借此结交更多的同好,共同探讨诗歌与生活的真谛和人生的真相与快乐。

  恳请阅读此书的读者,对本书的不足之处不吝批评指正。如此,作者荣幸之至。